EDITION PESTUM

Was erscheint
und was verschwindet,
hängt nicht ab von Schicksals Los.
Aus dem Gestern
wird das Heute
und das Jetzt der Zukunft Schoß.

W. Bilderdijk

Tonny Vos-Dahmen von Buchholz

DER DUFT VON WILDEM LAVENDEL

EDITION PESTUM
ROMAN

Inhalt

1. Kapitel
Die Lücke im Stammbaum

Der Frühjahrssturm peitschte die Küste. Die Wellen, die tosend auf dem Strand ausrollten, hatten große weiße Schaumkronen. Es war kein Schiff am Horizont zu sehen, der Strand war vollkommen verlassen, und der Strandhafer lag plattgedrückt am Boden.

Der Wind heulte um das Altersheim auf den Dünen und wehte den Flugsand hoch hinauf bis an die Mauern. Vor einem Fenster im ersten Stock saß kerzengerade und unbeweglich eine alte Frau. Sie war daran gewöhnt, stundenlang so zu sitzen, denn bei jeder Witterung genoß sie den weiten Blick über die endlose Wasserfläche, die ihr ein Gefühl von Freiheit vermittelte. Immer gab es etwas zu sehen, was sie fesselte. Das ewige Spiel von Wasser und Wind, die rollenden Wogen, die sich brechende Brandung, die kreischenden Möwen – alles war voller Leben und Bewegung.

Diese Aussicht aufs weite Meer hatte den Ausschlag gegeben, als sie ihre Wahl treffen mußte. Wenn sie schließlich doch ihr eigenes Haus in Kijkduin aufgeben mußte, dann wollte sie den Rest ihres Lebens hier verbringen. Daß die andern Bewohner schon nach einem halben Jahr anfingen, sich über die steife Brise und den Flugsand zu beklagen, berührte sie nicht. Der Glanz der Sonne auf dem Wasser übte auf sie eine seltsam elektrisierende Wirkung aus.

Manchmal, wenn die Sonne an einem schönen Frühlingstag feuerrot am Horizont verschwand und über dem Wasser eine violette Glut zurückblieb, erwachten in ihr Erinnerungen an die Sommerabende ihrer Jugend, die sie weit weg von hier in einem andern Land verbracht hatte. Wenn die Dünung tagelang grau unter einer schweren Wolkendecke lag, wurde die Wassermasse eine große Leinwand, auf der Bilder aus ihrem Leben vorbeizogen. Sie liebte die Gewalt des Sturms. Denn dann wurde die See das im Mistral wogende, undurchdringliche Gebüsch, und die salzige Meeresluft verwandelte sich für sie in den prickelnden Duft der blühenden Macchia.

Während sie über das graue Wasser blickte, überließ sie sich ihren Erinnerungen. Einundneunzig, dachte sie mit leichter Verwunderung, einundneunzig – beinahe ein Jahrhundert! Pasqualina Fabiani, du verkörperst fast ein Jahrhundert!

Deutlich sah sie die Linie, die ihr Leben zerteilt hatte: die ersten fünfundzwanzig Jahre, über die sie nie sprach, und die Zeit danach. Sie war sich bewußt, daß sie in den letzten Monaten immer häufiger an diese ersten fünfundzwanzig Jahre denken mußte. Manchmal wurde das Verlangen so stark, mit jemandem über diese Zeit zu sprechen, daß ihr die Zunge wehtat. Es hatte keinen Sinn, es gab niemanden, mit dem sie die Vergangenheit hätte teilen können. Sie hatte es schließlich selbst so gewollt!

Schritte auf dem langen Flur weckten sie aus ihrer Grübelei. Sie hatte die Schritte erkannt und wußte, wer hereinkommen würde.

„Hallo, Mémée, was sitzt du so im Dunkeln!" Er knipste das Licht an, noch bevor sie Zeit hatte, ihn zu begrüßen.

„Guten Tag, Pasquale! Schön, daß du vorbeikommst."

Mühsam erhob sie sich aus ihrem Stuhl. Sie hatte ein fein gezeichnetes Gesicht mit einem willensstarken Kinn, eine hohe Stirn und große schwarze Augen. Ihr dünnes Haar war schneeweiß. Sie kleidete sich immer noch sorgfältig. „Typisch Französin", sagten ihre Freunde. Man erkannte das eher an ihrem Äußeren als an ihren Worten, denn sie sprach fließend Niederländisch. Nur mit ihrem Enkel sprach sie gewöhnlich Französisch.

„Ich störe doch nicht?" fragte er. „Siehst du dir den Sturm an, oder hast du ein wenig geschlafen?"

„Ich sehe in die Vergangenheit", erwiderte sie. „Aber du störst mich nicht. Die Gegenwart ist wichtiger als die Vergangenheit!"

Paul van der Horst hängte seine Jacke auf und schob einen Stuhl an den Tisch. Er war schlank und dunkel. Die Ähnlichkeit mit seiner französischen Großmutter war nicht zu übersehen. „Ich stecke auf meine Art auch bis über beide Ohren in der Vergangenheit, Mémée. Ich habe einen Stammbaum entwickelt, schau, ich habe alle bekannten Daten und Namen eingesetzt." Seit einiger Zeit war Familienkunde sein Hobby. Den größten Teil seiner Freizeit widmete er einer Abstammungsuntersuchung. Viele Stunden verbrachte er in Gemeinde- und Staatsarchiven auf der Suche nach den Geburts- und Heiratsurkunden seiner Vorfahren. Wie an allem, was er tat, so nahm seine Großmutter auch lebhaft Anteil an dieser Arbeit.

„Sieh, Mémée, die Van der Horsts habe ich nun schön bis 1790 beisammen. Mutters Linie ist auch vollständig. Nur deine Abstammung muß ich noch richtig herausfinden."

Auf der Stirn der alten Frau erschien eine Falte. Sie ließ ihren Blick über die Zeichnung des Stammbaums gleiten und hörte Pauls Erklärungen nur unkonzentriert zu.

„Verstehst du, wie das ganze aufgebaut ist? Hier, Nummer eins: das bin ich selbst. Zwei und drei sind mein Vater und meine Mutter, vier und fünf sind Opa van der Horst und du, und dann sind sechs und sieben natürlich meine Großeltern mütterlicherseits. Du bist also Nummer fünf. Vater hat mir alle Familienunterlagen gegeben, die er noch besaß. Ich habe auch deinen Geburtsschein und kann deshalb bei zehn und elf die Namen deiner Eltern einsetzen: Jean Baptiste Fabiani und Martha Bouvier. Siehst du? Aber jetzt sitze ich fest. Ich werde versuchen, deine Linie weiter fortzusetzen."

Wenn Paul nicht so begeistert geredet hätte, wäre ihm wahrscheinlich aufgefallen, daß sich die Haltung der alten Frau änderte. So sah er es nicht.

„Es ist natürlich sinnlos, seine Abstammung nur in männlicher Richtung zu untersuchen", redete er weiter. „Alle Vorfahren sind gleich wichtig. Jetzt fängt es an, mir richtig Spaß zu machen!"

Jemand klopfte an die Tür. Eine Altenpflegerin kam mit dem Tee herein. Sie wurden kurz abgelenkt. Aber als sie wieder allein waren, kam Paul sofort wieder zur Sache. „Mémée, hast du eine Ahnung, woher dein Vater und deine Mutter kamen?"

Sie hatte sich tief in ihren Stuhl zurückgelehnt. Die

Freude, mit der sie ihren Enkel begrüßt hatte, war verschwunden. Sie sah auf einmal sehr alt und müde aus. Nervös drehte sie ihren Trauring am Ringfinger. „Meine Eltern sind schon so früh gestorben, Junge. Ich weiß es nicht – ich kann dir nicht weiterhelfen."

„Ich kann natürlich nach Sartène schreiben, wo du geboren bist", fuhr Paul unbeirrt fort, „aber es ist sehr gut möglich, daß sie aus einem andern Dorf kamen. Dann wäre es nur unnötige Schreiberei."

Die alte Frau hatte sich von ihm abgewandt und starrte wieder hinaus auf die dunkle, stürmische See. Das Geräusch der Brandung wurde das Brausen des Wassers in einem angeschwollenen Bach; und in ihrer Erinnerung mahnte die ängstliche Stimme ihrer Mutter: „Nicht nach Sartène! Du hast es mir versprochen!"

„Ich würde mir die Mühe nicht machen", sagte sie matt.

Erstaunt blickte Paul auf. „Sag mal – ich dachte, du fändest es gut, daß ich unsere Herkunft untersuche!"

Sie hatte sich wieder unter Kontrolle und blickte ihn an. „Oh, ja sicher, ich fand es auch ganz schön. Aber warum nur so ausführlich? Du tust alles immer so todernst! Das muß dich doch eine Menge Geld kosten – alle diese Urkunden!"

Erst jetzt begriff Paul, daß sie ihn aufzuhalten versuchte. Es war, als ob sie eine Mauer errichten würde.

„Du mußt dich doch noch an irgend etwas aus deiner Heimat erinnern, Mémée!" drängte er. „An etwas von deinen Eltern..."

„Nein!" sagte sie fast schroff. „Ich weiß nichts mehr von

der Zeit, es ist schon so lange her."

„Aber Mémée! Hast du denn nie den Wunsch gehabt, dorthin zu reisen, um herauszufinden, in welcher Umgebung deine Wiege gestanden hat?"

„Ach nein, mon petit. Ich habe dort keinen einzigen Verwandten mehr. Als ich deinen Großvater kennenlernte, wohnte ich schon so lange in Marseille."

Paul gab noch nicht auf. „Bist du denn nie mit Opa nach Marseille zurückgekehrt?"

„Marseille ist eine große Hafenstadt! Ich habe keine angenehmen Erinnerungen an Marseille. Als ich Opa heiratete, bekam ich ein wunderschönes Haus, ein gutes Leben. Wir waren immer sehr mit der großen Arztpraxis und unserer lebhaften Familie beschäftigt. Außerdem verreiste Opa überhaupt nicht gern. Als wir jung waren, reisten die Menschen überhaupt nicht so viel wie heutzutage. Wir fuhren in den Ferien immer in ein Häuschen in der Achterhoek oder auf die Watteninseln. Das waren herrliche Zeiten. Kannst du dich noch daran erinnern, daß du mit Louise zu uns nach Texel zu Besuch kamst?" Und beim Versuch, wieder einen fröhlicheren Ton anzuschlagen, sagte sie genau das Verkehrte. „Du mußt nicht in der Vergangenheit wühlen, Junge, du lebst heute, und die Zukunft liegt vor dir!"

Paul drang nicht weiter in sie. Er faltete den Stammbaum, legte die Urkunden zusammen und packte alles in seine Tasche.

Die alte Frau begann jetzt lebhaft von andern Dingen zu reden. „Wie steht es mit deinem Studium? Hast du schon eine Idee, wo du deine Ferien verbringst?"

Paul ging darauf ein, erzählte von der Universität, redete über die geplante Ferienfahrt nach Schottland, aber da spukte andauernd die Frage in seinem Kopf herum: Warum will Mémée nicht über ihre Jugend sprechen?

Um zehn Uhr verabschiedete er sich, weil es Zeit wurde, daß die Großmutter zu Bett ging. Auf dem Heimweg ließ ihm der Vorfall dieses Abends keine Ruhe. Natürlich hatte er schon immer gewußt, daß Oma auf Korsika geboren war, aber niemand in seiner Familie hatte sich jemals damit näher beschäftigt. Oma war eine Französin, die Opa kennengelernt hatte, als er zu einem Ärztekongreß in Marseille war. Sie wohnte damals schon bei einer Tante auf dem Festland. In ihrer Ehe mit Opa van der Horst, der eine gutgehende Hausarztpraxis in Den Haag betrieb, hatte sie sich schnell ihrem Gastland angepaßt, und so nahm nach einigen Jahren niemand mehr davon Notiz, daß sie Französin war. Daß Großmutter, eigentlich merkwürdig, niemals mehr in ihr Heimatland zurückwollte, daß sie es selbst nicht einmal mehr erwähnte, schien niemandem aufzufallen. In der Familie von Dr. van der Horst waren alle immer viel zu sehr beschäftigt. Die Praxis vergrößerte sich mehr und mehr, die beiden Söhne waren aktive Sportler, soweit es ihr Studium zuließ, die einzige Tochter heiratete mit zwanzig Jahren. Der älteste Sohn, Pauls Vater, hatte nach Opas Tod die Praxis übernommen, und Oma hatte einen Bungalow in Kijkduin gekauft.

Solange Oma noch dort wohnte, hatte sie mit den Kindern des jungen Arztes, Louise und Paul, manches unternommen: lange Wanderungen am stillen Strand entlang, Waffelessen in einem Strandbüdchen, viele Zirkusbesuche... Erinnerungen aus den Kinderjahren, die man nicht so schnell vergißt.

Louise heiratete, als sie einundzwanzig war, und zog nach Groningen. Nur Paul kam noch regelmäßig zur Oma, auch nachdem sie in das Altersheim in den Dünen gezogen war. Die Spaziergänge wurden seltener, dann war der Augenblick gekommen, wo der Rollstuhl unvermeidlich wurde.

Paul erinnerte sich an die vielen Male, die Oma ihn zu einem Zirkusbesuch oder ins Kino abgeholt hatte, an die herrlichen Wanderungen mit ihr am Strand entlang. Nun war er es, der sie abholte und das unbequeme Wägelchen über die Dünenpfade schob.

Manchmal aßen sie Pfannkuchen in dem modernen Restaurant oberhalb vom Strand oder holten frische Heringe – einen mit Zwiebeln, einen ohne –, die sie auf dem Pfad durch die Dünen so aus dem Papier verzehrten. Er erzählte ihr von seinem Französischstudium, von seinen Ferienabenteuern. Drei Monate Semesterferien im Jahr bedeuteten für Paul drei Monate Reisen in seinem alten Autochen, das er sich durch Ferienarbeit zusammengespart hatte. Die alte Frau genoß es, daß er sie an seinem Leben teilnehmen ließ.

Als er sich mit Ahnenforschung zu beschäftigen begann, war auch sie anfangs ganz begeistert gewesen. Sie hatte die Geburts- und Heiratsurkunden der Van der Horsts in männlicher Linie mit viel Interesse angesehen, die immer wiederkehrenden medizinischen Berufe in der Familie festgestellt: Arzt, Zahnarzt, Apotheker ... Aber kaum hatte Paul begonnen, nach ihrer eigenen Vergangenheit zu fragen, war sie entweder wortkarg oder nervös geworden. Da erkannte Paul plötzlich, daß niemand in der Familie jemals über Großmutters Herkunft gesprochen hatte. Er versuchte, von seiner Mutter mehr zu erfahren.

„Findest du es nicht komisch", fragte er, „daß Oma nie von ihrer Heimat spricht? Weißt du eigentlich, ob das einen Grund hat?"

Pauls Mutter hatte sich immer gut mit ihrer Schwiegermutter verstanden. Bei seiner Frage sah sie überrascht auf. „Jetzt, wo du es sagst – sie erzählt tatsächlich nichts von früher. Aber als ich in die Familie kam, war sie auch schon so lange hier. Es fiel ja kaum auf, daß sie Französin war, sie spricht praktisch akzentfrei!"

„Hat sie denn gar kein Heimweh gehabt? Es muß doch schwierig sein, auf einmal in ein Land verpflanzt zu werden, wo man niemanden kennt, wo alles fremd ist!"

„Gott, Paul – irgendwie ist es natürlich beschämend, aber ich glaube, daß niemand aus der Familie sich je damit aufgehalten hat. Ich fand sie von Anfang an lieb. Bestimmt hätte ich keine bessere Schwiegermutter bekommen können! Als ich dich erwartete, habe ich einmal ganz spontan zu ihr gesagt: Wenn es ein Mädchen wird, nenne ich es nach dir, Pasqualina – das ist ein wunderschöner Name. Mir fiel damals auf, daß sie trotz ihrer Zurückhaltung, was Gefühle angeht, darüber so auffallend froh war. Als du dann ein Junge warst, konnte ich es nicht übers Herz bringen, dich nicht nach ihr zu nennen. Es wurde Pasquale daraus – aber niemand außer Oma nennt dich mit deinem vollen Namen. Alle sagen nur Paul."

Verrückt, dachte Paul, zwanzig Jahre lang kommt man nicht auf die Idee, daß jemand aus deiner nächsten Nähe, jemand, den man liebt, eine Vergangenheit hat, von der niemand etwas weiß, für die sich niemand interessiert! Und dann auf einmal merkt man, wie selbstsüchtig man ist, wie sehr nur mit den eigenen Wünschen und Sorgen beschäftigt. Man erwartet von seinen Familienangehörigen, daß sie verstehen, daß sie mitempfinden, was einem wichtig ist, daß sie zuhören, wenn man etwas mitzuteilen hat. Und man merkt nicht, daß auch der andere seine Geschichte hat!

„Ich glaube, Paul, daß Omas Jugend dort in Marseille nicht besonders glücklich war. Ich glaube, daß sie nie über ihre Vergangenheit gesprochen hat, weil Opa sehr *unter seinem Stand* geheiratet hat, wie man das damals nannte. In der Zeit vor dem Zweiten Weltkrieg, mußt du bedenken, gab es noch einen ausgeprägten Standesdünkel. Das wird wohl der Grund gewesen sein. Sie wollte ihres Mannes Familie nicht in Verlegenheit bringen."

„Aber der Opa, wußte der denn auch so wenig von ihrer Jugend in Korsika?"

„Das kann ich dir nicht sagen, Paul. Darüber ist einfach nie gesprochen worden. Und wir können es ihn nun nicht mehr fragen."

Das ließ Paul keine Ruhe. Öfter als sonst machte er kurze Besuche im Altersheim, und verschiedene Male versuchte er es mit allerlei Tricks, sie zum Sprechen zu verleiten. Es gelang nicht. Ausführlich konnte sie vom Beginn ihrer Ehe erzählen, von der Zeit, als die Kinder noch klein waren. Aber was davor geschehen war, lag hinter einer Mauer, die er nicht durchdringen konnte.

Paul sprach jetzt nur noch nebenher über seine Abstammungsuntersuchung. Was er der Großmutter nicht erzählte: daß er einen ersten Brief nach Sartène geschrieben hatte, mit der Bitte um Fakten über Jean Baptiste Fabiani und Martha Bouvier, die Eltern von Pasqualina Fabiani, die 1887 in Sartène auf Korsika geboren wurde.

Es kam keine Antwort.

Obwohl Oma van der Horst schlecht zu Fuß war, hatte sie einen kräftigen Körper. Niemand konnte sich daran erinnern, sie jemals krank gesehen zu haben. Die ganze Familie geriet darum auch in Panik, als sie plötzlich von einer Grippe gepackt wurde. Tagelang lag sie krank im Bett, hochrot vom Fieber, und phantasierte.

„Sie spricht immer nur Französisch", sagten die Pflegerinnen. „Wir können kein Wort davon verstehen."

Aber auch Paul verstand nicht, was sie sagte. Es waren Wörter, die er nicht kannte, Klänge, die in keinem Wörterbuch zu finden waren. Es gab keinen Anhaltspunkt. Ein Wort wiederholte sie stets: *Rimbeccu – Rimbeccu.*

„Vielleicht will sie was trinken", sagte eine der Schwestern.

Kraft und Lebenswille halfen der alten Frau durch die Krise. Sie wurde sich ihrer Umgebung wieder bewußt. Die erste Person, die sie neben ihrem Bett erkannte, war Paul, der ihr einen Blumenstrauß hinstellte, einen Bund wilder Rosen und Lavendel, ihre Lieblingsblumen.

„Die Macchia, Pasquale! Der Duft der Macchia!" flüsterte

sie. Am folgenden Tag war das Fieber gewichen, und sie sprach wieder ganz normal. „Ich laß mich doch nicht von einer ordinären Grippe kleinkriegen", lächelte sie. Sie roch an Pauls Blumenstrauß. „Herrlich duftet das, mon petit!" Aber das Wort *Macchia* gebrauchte sie nicht mehr.

Zwei Wörter hatte sie in diesen Tagen preisgegeben, als sie zwischen Leben und Tod schwebte. Zwei Wörter, die in ihrem Leben eine Rolle gespielt haben mußten: *Macchia* und *Rimbeccu*. Das erste Wort kannte Paul. Es war ein typisch korsisches Wort für den *Maquis*, den undurchdringlichen Buschwald, der große Teile Korsikas bedeckt. Das zweite Wort sagte ihm nichts. Er fand es in keinem Wörterbuch, war aber sicher, daß es in Mémées Jugend wichtig gewesen war.

Paul faßte einen Entschluß. Den sorgfältig ausgetüftelten Reiseplan für Schottland steckte er in eine Schublade. In der Buchhandlung bestellte er eine Michelin-Karte von Korsika. Er hatte noch drei Wochen Zeit, bevor die großen Ferien begannen. Gerade genug, um eine neue Route auszutüfteln. Aber er beschloß, mit niemandem darüber zu sprechen, obwohl da deutlich ein Schuldgefühl war. Wenn Mémée ein Geheimnis hatte: mußte er es dann nicht respektieren? Wenn sie absolut nicht wollte, daß die Familie ihre Vergangenheit kennenlernte: hatte er dann überhaupt das Recht, weiter zu forschen?

Natürlich habe ich das Recht, dachte er. Es betrifft doch meine Herkunft. Ich darf doch wohl wissen, wer meine Vorfahren waren! Und dieser lächerliche Standesdünkel von damals, damit halte ich mich nicht auf. Das ist nicht mehr zeitgemäß. Von mir aus war mein Urgroßvater ein korsischer Schafhirte – was soll's?

An einem schönen warmen Julitag fuhr eine Schwester Frau van der Horst in ihrem Rollstuhl auf die Sonnenterrasse. Es war herrlich, wieder nach draußen zu können. Die alte Frau seufzte zufrieden und schlug ihr Buch auf. Nach kurzer Zeit war sie so in ihre Lektüre vertieft, daß sie nicht hörte, wie sich Schritte näherten. Erst als ein Schatten auf ihr Buch fiel, blickte sie auf.

„He, Pasquale, bist du's? Was für herrliches Wetter du mitbringst!"

Paul gab ihr einen Kuß. „Wie geht's, wie steht's?"

„Ausgezeichnet", sagte sie. „Bei solchem Wetter bin ich froh, daß ich lebe!"

„Fein, daß du wieder obenauf bist, Mémée", sagte er. „Jetzt gehe ich beruhigt auf Reisen."

„Ach ja, du hast Ferien. Ich werde dich vermissen, Junge. Wie lange bleibst du in Schottland?"

Ich muß es ihr sagen, dachte Paul. Es ist nicht ehrlich, wenn ich sie in dem Glauben lasse, daß ich nach Schottland führe. Später hört sie es ja doch. Vorsichtig sagte er: „Ich habe meine Pläne geändert, Mémée. Ich fahre nicht nach Schottland. Ich weiß noch nicht genau, wohin, aber ich mache eine Tour durch Frankreich."

In den dunklen Augen blitzte es einen Moment auf. Die alte Frau antwortete nicht sofort.

Ein bißchen nervös begann Paul zu erzählen, daß er drei Tage in Paris bleiben wolle. „Ich stelle den Wagen sofort irgendwo in eine Hotelgarage. In Paris will ich nicht selbst fahren. Ich habe genau ausgetüftelt, was ich sehen will und in welcher Reihenfolge, und das mache ich alles mit der Metro."

Hörte sie überhaupt zu?

Ich hätte es wissen müssen! dachte die alte Frau. Schon vor meiner Krankheit begann er zu bohren. Ich kann ihn nicht aufhalten. Er ist einem Geheimnis auf der Spur, und er wird nicht eher ruhen, bis er weiß, was ich für mich behalten will. Ihre fröhliche Stimmung war verflogen. Sie fühlte sich plötzlich matt und unsicher. Trotz der warmen Sonne überkam sie ein Frösteln.

Paul bemerkte es. „Möchtest du vielleicht nach drinnen, Mémée? Dir ist doch nicht kalt?"

Sie hatte sich wieder in der Gewalt. Lächerlich, es war doch schon so lange her! Es konnte jetzt kein Unheil mehr angerichtet werden. Aber sie hatte nicht umsonst ihr ganzes Leben lang geschwiegen. Sie würde ihr Schweigen nicht so kurz vor ihrem Ende brechen.

Im Haus erklang der Gong, lang und laut. Essenszeit!

„Ich fahre dich schon hinein", sagte Paul, froh, daß er ihren prüfenden Blicken entkommen konnte. Als er den Rollstuhl durch den Gang schob, fragte er: „Kann ich dir etwas mitbringen?"

„Nur dich selbst", sagte sie. „Bring dich selbst zurück, Pasquale, sei um Gottes willen vorsichtig. Dort herrscht soviel Gewalt!"

Er lachte sie wegen ihrer Besorgnis aus und küßte sie auf beide Wangen. „Ich schreibe dir eine Karte, und bevor du es merkst, bin ich wieder zurück."

Erst als er sein kleines Auto startete, ging ihm auf, was sie gesagt hatte. Er mußte lächeln. Sie hatte ihn durchschaut! So alt wie sie war: sie ließ sich kein X für ein U vormachen.

Die alte Frau saß vor ihrem Teller. Sie brachte keinen Bissen hinunter. Als sie später die Decke über sich breitete, um ihr Mittagsschläfchen zu halten, war sie mit ihren Gedanken weit, weit weg.

Er hat nur so wenig korsisches Blut, dachte sie. Dann fiel sie in Schlaf, und im Schlaf roch sie den bittersüßen Duft von wildem Lavendel.

2. Kapitel
Rimbeccu, eine ungeheure Macht

Die früheste Erinnerung von Pasqualina Fabiani war der Duft der Macchia. Der eindringliche, bittersüße Duft, der besonders im Frühling und Sommer nach einem Regenschauer so stark sein konnte, daß einem schwindlig davon wurde. Zu diesem Duft gehörten bestimmte Bilder: der kleine, offene Platz im dichten Buschwerk, der plätschernde Bach neben dem Haus, der Bauernhof. Papa: groß, breitschultrig, ganz hellblaue Augen unter borstigen Augenbrauen, eine fröhliche, tiefe Stimme, sein befreiendes Lachen. Maman: dunkles Haar und schwarze Augen, klein und zart, so anders als die Frauen aus der Umgebung. Maman sprach auch anders. Sie war nicht von der Insel; es hatte sie Mühe gekostet, sich an die Einsamkeit der Macchia zu gewöhnen. Es gab Menschen, die hinter Mamans Rükken gesagt hatten, daß sie so ganz und gar nicht zu Jean Baptiste passe, daß er nicht gut daran getan habe, eine Frau vom Festland zu nehmen. Manchmal schnappte Maman etwas davon auf. Dann war sie traurig und bemühte sich an diesem Tag besonders, die schwere Arbeit auf dem Land genauso gut und so schnell zu erledigen wie die anderen Frauen.

Papa lachte über das, was die Leute sagten. Er war verrückt nach der zarten Frau, die er in Marseille kennengelernt hatte, und er war es nicht gewohnt, sich nach anderen

Menschen zu richten.

Eigentlich waren die ersten Jahre ihres Lebens auf dem kleinen offenen Platz ein einziges Fest für Pasqualina gewesen. Freundinnen zum Spielen hatte sie nicht. Darum hatte Papa ein Mufflonschaf für sie gezähmt. Das Tier war ihr bester Kamerad. Wo Pasqualina war, konnte der Mufflon nicht weit sein. Gelangweilt hatte sie sich nie. Schon früh lehrte Maman sie, wie man die Pflanzen im Gemüsegarten versorgt, wie man melkt, und vor ihrem fünften Geburtstag konnte sie auf einem Esel reiten. Das hatte sie von Papa gelernt.

Papa spielte immer wilde Spiele mit ihr. Oft hatte Maman gesagt: „Du machst einen Jungen aus ihr, Jean Baptiste! Sie wird so wild wie ein Junge. Was soll das mal geben?"

Er lachte darüber schallend. Er lehrte Pasqualina Forellen im Bach zu fangen, nahm sie vor sich in den Sattel, wenn er in die Berge zog, zur Bergerie. Papas Bauernhof lag sehr günstig. Die Schafe konnten im Sommer das harte Gras abweiden, das an die Macchia grenzte. Meistens gab es dort genug Wasser. Nur in besonders trockenen Sommern zog ein junger Hirte mit den Tieren in die Berge zu Papas Bergerie.

Papa besaß einen kleinen Weingarten, wo genügend Trauben geerntet wurden, damit man Wein und *Eau de Vie* für den eigenen Bedarf keltern und brennen konnte. Maman versorgte den Gemüsegarten am Bach, die Hühner und die Schweine und machte den Schafskäse.

Regelmäßig pachtete Papa ein Stück Bruchland im Tal,

um dort etwas Gerste, Weizen und Mais anzubauen. Zwischen dem Mais wuchsen Tomaten und Melonen. Tatsächlich erbrachte ihr Hof alles, was sie zum eigenen Lebensunterhalt nötig hatten, außer Kaffee, Zucker und Salz.

Papa besaß auch eine Menge Ölbäume. Er beteuerte immer, sein Öl sei das beste von der ganzen Insel, und bekam gutes Geld dafür.

Pasqualina konnte sich nicht daran erinnern, Papa jemals ohne Gewehr ausreiten gesehen zu haben. Sie fand das ganz normal: ein Mann ritt nicht ohne Gewehr aus. Wenn er zu Hause war, hing es an einem Haken an der weiß gekalkten Mauer.

Als Pasqualina sieben Jahre alt war, bekam sie ein Brüderchen. Schon monatelang hatte sie sich auf den versprochenen Spielkameraden gefreut und zusammen mit Maman kleine Kleidungsstücke genäht, warme Söckchen gestrickt und eine Wiege vorbereitet.

Pasqualina wußte inzwischen, daß sie nicht in der Macchia geboren war, sondern in einem Ort, der Sartène hieß. Warum sie *dort* geboren war, wußte sie nicht, sie hatte aber auch nie danach gefragt.

An einem Sommerabend kurz vor Carlos Geburt lag Pasqualina im Bett und lauschte dem Regen, der auf das Haus und die angrenzende Macchia niederströmte, dem Rauschen des Wassers in dem angeschwollenen Bach. Plötzlich hörte der Regen von einem Augenblick zum anderen auf. Durch das offene Fenster drang der Duft herein, den sie so sehr liebte. Es war behaglich und vertraut, so im Bett zu liegen und den Stimmen von Papa und Maman aus dem Wohnraum zu lauschen. Papas Stimme war tief, Mamas klang hoch. Es war so beruhigend, das Gespräch mit abwechselnd hohem und tiefem Klang zu hören, selbst wenn man die Worte nicht verstehen konnte.

Die schweren Regenwolken hatten sich aufgelöst, der Himmel war voller Sterne. Pasqualina gähnte und drehte sich auf die andere Seite. Auf einmal schreckte sie auf.

„Nicht nach Sartène!" Das war ein Ausruf von Maman. Pasqualinas Neugier war geweckt. Warum sprach Maman auf einmal so laut? Das tat sie sonst nie.

„Ich meine, wir können dort nicht wegbleiben." Der tiefe Baß von Papa. „Ich war die ganze Zeit nicht mehr dort, aber bei einem so wichtigen Ereignis kann ich nicht fehlen. Das mußt du verstehen, Martha!"

Worüber sprachen sie? Wo konnte Papa nicht wegbleiben? Warum klang die Stimme von Maman so merkwürdig, so hart, so ungewohnt scharf?

„Du hast es mir versprochen, als Pasqualina geboren wurde. Ich binde dich an dein Wort. Wir gehen nicht nach Sartène!"

Die Stimmen wurden wieder unverständlich. Pasqualina versuchte, in ihrem Bett noch zu lauschen, aber die Müdigkeit siegte über die Neugier. So fiel sie in Schlaf.

Am folgenden Tag, als Pasqualina den Abwasch machte, fiel es ihr wieder ein. „Maman, wie kommt es, daß ich in Sartène geboren bin?"

Maman sah sie erstaunt an. Sie zögerte kurz, aber dann klang die Antwort ganz normal. „Wir waren dort zu Besuch, Chérie. Und wir hatten überhaupt noch nicht mit deinem Kommen gerechnet."

„Ich möchte Sartène einmal sehen."

„Es ist eine häßliche Stadt, Kind. Mit hohen, grauen Häusern. Die Leute sind unfreundlich dort. Dir wird es dort gar nicht gefallen." Dabei blieb es.

Pasqualina dachte nicht mehr an Sartène, denn kurz darauf wurde der kleine Bruder geboren.

Pasqualina und Carlo waren unzertrennlich. Der Junge glich äußerlich ganz seinem Vater. Aber als er größer wurde, merkte man, daß er den sanften Charakter von Maman hatte. Pasqualina war viel wilder als er, wagemutiger. Schon als kleines Kind ritt sie wie ein Mann, während Carlo heulte, wenn man ihn auf den Esel setzte. Abends vor dem Zubettgehen, wenn Maman aus dem dicken Märchenbuch vorlas, hatte Pasqualina die größte Mühe stillzusitzen, während Carlo immer mehr hören wollte. Er konnte mit fünf Jahren schon lesen und schreiben, noch bevor er zur Schule mußte.

„Carlo wird einmal ein Gelehrter", sagte Pasqualina stolz. „Wenn er groß ist, wird er etwas ganz Besonderes. Priester oder Bürgermeister oder so." Sie sagte es ohne jede Eifersucht. Sie war stolz auf Carlo.

Manchmal kamen Besucher zu dem einsam gelegenen Haus. Meistens waren es Männer, Freunde von Papa, mit denen er auf Wildschweinjagd ging. Ab und zu kam auch nachts Besuch, wenn alle zu Bett waren. Das fand Pasqualina überhaupt nicht mehr beängstigend, denn sie wußte, daß es *Bandits d'Honneur* waren, Männer, die wegen irgendwelcher Ehrenhändel von der Polizei gesucht wurden und deshalb in der Macchia lebten. Es seien keine schlechten Menschen, sagte Papa, als sie ihn einmal danach fragte. „Manchmal muß ein Mann einen anderen töten, um seine Ehre zu retten. Das erlaubt die Obrigkeit nicht. Solch ein Mann wird zu einer langen Gefängnisstrafe verurteilt. Das wartet er gar nicht erst ab. Welcher Mann kann schon als Gefangener leben!" Sie hatte versucht, sich vorzustellen, was es bedeutete, in einem Gefängnis zu leben. Sie hatte sehr gut verstanden, daß man sich dann viel besser im Dickicht der Macchia versteckte.

Wenn sie an die Fensterläden klopften, öffnete Papa. Dann hörte Pasqualina stundenlang die tiefen Stimmen. Auch Maman verließ dann das Bett und kochte Essen für die Männer. Meistens bekamen sie noch Lebensmittel und Munition, wenn sie vor Tagesanbruch Abschied nahmen und wieder im undurchdringlichen Buschwerk verschwanden, das ihr Zuhause geworden war.

„Du hättest es Pasqualina nicht sagen sollen!" hatte Maman böse gesagt, als Papa damals seine Tochter über die nächtlichen Besucher aufgeklärt hatte.

Papa hatte seinen Arm um Maman gelegt und sie auf die Stirn geküßt. „Sie ist ein korsisches Kind, Frau. Solche Dinge muß sie doch wissen!"

So lernte Pasqualina, daß *Maquisards* ehrliche Männer waren, die nicht töteten, um zu rauben. Sie hatten getötet, um ihre Ehre zu verteidigen, das war jedermanns gutes Recht. Darum wohnten sie jetzt tief in der Macchia, primitiv, aber frei. Und wenn ihnen etwas fehlte, klopften sie nachts an die Häuser derjenigen, die sie ihre Freunde nannten, und sie wurden als willkommene Gäste empfangen.

Freiheit, lernte Pasqualina, ist das höchste Gut. Besser Armut und Schwierigkeiten in Freiheit als Luxus und Bequemlichkeit unter der Herrschaft eines anderen.

Dennoch nahm Pasqualinas Freiheit ein Ende. Martha Bouvier, die ihrem Ehepartner vom Festland auf die Insel Korsika gefolgt war, hatte Jean Baptiste eine Bedingung gestellt. Sie war bereit, sein Leben in der Wildnis in jeder Hinsicht zu teilen. Sie gab das städtische Leben auf für die Einsamkeit in der Macchia, ihre Kinder jedoch sollten eine gute Ausbildung bekommen. Pasqualina war die Älteste, sie mußte zuerst die Zwänge strenger Regeln im Internat auf sich nehmen. Denn Pasqualina mit ihrem wachen Verstand sollte Lehrerin werden. Als sie zwölf Jahre alt war, wurde sie den Nonnen in Ajaccio anvertraut. In der ersten Woche weinte sie bittere Tränen. Sie war jedoch einsichtig und paßte sich sehr rasch an. Es sei nur für eine begrenzte Zeit, hatte Maman gesagt. In den Ferien dürfe sie nach Hause kommen, und wenn sie sehr hart arbeite und ihr Bestes tue, würde sie mit achtzehn Jahren Lehrerin sein. Dann hätte sie einen angesehenen Beruf – sie würde in Sollacaro oder Calvese oder Bicchisano unterrichten.

Pasqualina tat ihr Bestes. Die Nonnen waren zufrieden. Sie wurde in Rekordzeit ausgebildet, und stolz im Besitz ihres Diploms reiste sie zurück ins Taravotal.

Wie hatte sie sich monatelang auf ihre Rückkehr gefreut! Sie hatte eine lange Ferienzeit vor sich. Im September sollte sie in Sollacaro anfangen. Aber zunächst lag ein langer, schöner Sommer vor ihr.

Ihre Heimkehr verlief jedoch anders, als sie gedacht hatte. Sie wurde zwar überschwenglich begrüßt, aber es fiel ihr gleich auf, daß Maman bleich aussah und seltsam nervös war. Die ungezwungene Fröhlichkeit war verschwunden. Es lag etwas in der Luft. Sie fragte Carlo danach.

„Maman ist schon eine Woche so merkwürdig", sagte er. „Das war, nachdem sie in Sollacaro jemanden gesehen hat, jemanden aus Sartène."

Pasqualina wurde hellhörig. Sie erinnerte sich plötzlich wieder an das belauschte Gespräch vor vielen Jahren. Papas tiefe Stimme: „Wir können einfach nicht wegbleiben." Maman ängstlich, aber entschlossen: „Nicht nach Sartène. Ich binde dich an dein Wort!"

Als Papa nach dem Mittagessen das Gewehr von der Wand nahm und sorgfältig kontrollierte, bevor er es über die Schulter hängte, bemerkte sie Mamans ängstliche Blicke.

„Ich sehe nach, wo Peretti mit den Schafen ist", sagte der Vater wie zur Entschuldigung. „Ich komme nicht spät zurück."

Als er wegritt, rollten Tränen über Mamans Gesicht.

Pasqualina räumte das schmutzige Geschirr weg und schob ihren Stuhl neben den ihrer Mutter, die geschäftig zu nähen angefangen hatte. Ihre Stimme klang ganz ruhig, aber auch sehr entschieden, als sie sagte: „Ich will es jetzt endlich wissen, Maman! Ich bin jetzt achtzehn Jahre und kein Kind mehr. Was ist damals bei meiner Geburt in Sartène geschehen?"

Mamans Hände zitterten. Sie legte ihr Nähzeug in den Schoß, sah ihre Tochter an. Zum erstenmal schien sie zu bemerken, daß ihre Älteste erwachsen geworden war. Die Angst, die sie achtzehn Jahre lang allein getragen hatte, hatte tragen müssen, war in der letzten Woche so groß geworden, daß sie nicht länger schweigen konnte, daß sie mit jemandem darüber reden mußte. Und mit wem konnte sie das eher, als mit ihrer erwachsenen Tochter, der sie bedingungslos vertrauen konnte und die nun alt und reif genug war, sie zu verstehen!

Maman gab ihr Geheimnis preis. Mühsam, aber allmählich rascher begann sie, von der großen Sorge ihres Lebens zu erzählen.

Pasqualina erfuhr von Mamans freudloser Jugend, von ihrer Begegnung mit dem jungen, hübschen Jean Baptiste Fabiani, dem Korsen, der ihr Herz erobert hatte. Die kleine Französin war ihm nach Korsika gefolgt, ohne einen Augenblick zu zögern. Sie hatte ihr Leben in der Stadt aufgegeben und alles darangesetzt, sich in die Lebensart ihres Ehemannes einzufügen. Sie hatte gelernt, in der Einsamkeit zu leben, sie hatte das harte Dasein einer korsischen Bäuerin erfahren. Sie hatte seine Sprache übernommen und sich in allem nach seinem Leben gerichtet, nach seinem Land. Anfangs hatte sie auf Korsika nicht viele Freunde gehabt. Man hatte sie argwöhnisch betrachtet, die fremde Frau vom Kontinent, die doch eigentlich nicht zu Jean Baptiste paßte. Aber die beiden kamen wunderbar miteinander aus. Sie achtete ihn, wie es für korsische Frauen Brauch ist, und sie richtete ihr Dasein ganz nach ihm.

Alles war gutgegangen, bis im Winter 1887 in Sartène ein entfernter Vetter von Jean Baptiste gestorben war. Martha erwartete ein Baby, aber das Kind sollte nicht vor Mitte Januar geboren werden. Martha ging es sehr gut, darum kam sie mit zu dem Begräbnis nach Sartène.

Es war ein düsterer, kalter Tag gewesen. Martha fühlte sich nicht wohl unter all den für sie noch fremden Leuten, die sie anstarrten und über sie tuschelten. Sie wußte, daß man ihr mißtraute, hatte sich aber in ihrer gewohnten Umgebung nicht viel daraus gemacht. Hier war das anders. Hier war es, als ob sie unterginge in einem Meer von Mißtrauen und kaum verhohlener Feindschaft.

In dem Café eines Onkels, nach dem Begräbnis, war es geschehen. Pierre Mariani, ein alter Freund von Jean Baptiste, der zuviel getrunken hatte, hatte eine häßliche Bemerkung über sie gemacht. Später erst hatte sie begriffen, daß jeder in der Familie jahrelang erwartet hatte, daß Jean Baptiste Pierres Schwester Yvonne heiraten würde. Als er dann vom Festland mit einer französischen Frau zurückgekommen war, fühlte sich die ganze Familie Mariani beleidigt.

Und jetzt, betrunken wie er war, entfuhr es Pierre: „Früher sahen wir dich regelmäßig in Sartène, Jean Baptiste. Du warst sehr lange nicht mehr hier. Erlaubt dir das das französische Weibsstück nicht?"

Martha hatte es nicht einmal verstanden. Damals sprach sie noch nicht fließend korsisch. Sie merkte jedoch am Ton, daß es häßlich gemeint war.

Jean Baptiste stellte sein Glas auf den Tisch. Langsam,

sehr langsam erhob er sich von seinem Stuhl. Ohne ein Wort zu sagen, tat er zwei Schritte auf Pierre zu und schlug ihn mit einem Hieb seiner gewaltigen Faust mitsamt seinem Stuhl zu Boden. In nur wenigen Sekunden hatten sich zwei Parteien gebildet. Martha war nicht imstande, Freund und Feind voneinander zu unterscheiden. Bleich vor Schreck sah sie eine wogende kämpfende Menge vor sich. Sie suchte ihren Mann mit den Augen. Sie sah ihn kurz auftauchen, dann war er erneut zwischen den prügelnden Männern verschwunden. Stühle und Tische fielen um, Gläser gingen zu Bruch, Frauen schrien. Für Martha war es wie der Weltuntergang.

Plötzlich war die Polizei als Retter in der Not erschienen. Die Kämpfenden wurden getrennt, die Zerstörung wurde begutachtet. Pierre Mariani fehlten die Schneidezähne, Jean Baptiste hatte an der Stirn eine klaffende Wunde und blutige Knöchel.

Martha spürte, wie ihr übel wurde. Durch die schreiende Menge suchte sie einen Weg nach draußen. Sie flüchtete in die kalte Nachtluft hinaus, ohne zu wissen, wohin. Ihre Knie gaben nach, und ehe sie die nächste Straßenecke erreicht hatte, brach sie zusammen.

In dieser Nacht wurde Pasqualina geboren. Fast hätte Martha dabei ihr Leben gelassen. Im Hause seines Vetters saß Jean Baptiste mit verbundenem Kopf und verpflasterten Händen neben dem Bett seiner Frau.

Martha war jung und widerstandsfähig. Als sie über den ersten Schock hinweggekommen war und festgestellt hatte, daß ihr Kind nicht Schaden genommen hatte, gewann sie jene Entschlossenheit zurück, mit der sie dem Mann, den sie liebte, gefolgt war. Aber jetzt richtete sich ihre Entschlossenheit auf etwas anderes. Sie lebte nun lange genug auf Korsika, um zu wissen, welche Folgen eine solche Schlägerei für die Zukunft haben konnte. Sie hatte mit eigenen Augen gesehen, daß Blut geflossen war. Blut bei zwei Familien. Sie wußte, was das auf Korsika bedeutete. Und sie machte sich Jean Baptistes Schuldgefühl zunutze.

„Es hätte mich und das Kind das Leben kosten können", sagte Martha leise, aber eindringlich. „Wir werden nicht mehr darüber sprechen, Jean Baptiste, nie mehr. Aber ich will, daß du mir schwörst, nie mehr nach Sartène zu gehen – nie mehr!"

Er hatte es geschworen. „Nie mehr nach Sartène, Martha! Sobald du kannst, reisen wir ab." Dann fügte er grinsend hinzu: „Er hat seine Lektion bekommen. Seine Zähne ist er los!"

Die erste Gefahr war gebannt, denn Martha wußte, daß ihr Mann sein Wort nicht brechen würde. Und sein Wort stand nun zwischen ihm und der Fehde.

Zu Hause, im Taravotal, fragte sie ihn, ob er früher Yvonne Mariani die Ehe versprochen habe.

Er blickte sie mit seinen hellen Augen direkt an. „Nein, nie! Pierre hätte es gern gesehen, aber sie war mir gleichgültig."

Martha hatte nie Grund gehabt, an Jean Baptistes Worten zu zweifeln. Kurz nach dem Vorfall hörte Martha von einer Frau, die sie auf dem Markt traf, daß Pierre Mariani aufs Festland gezogen sei und in Paris Arbeit gefunden habe.

In den folgenden Jahren hatte Jean Baptiste mehr als einen Grund gehabt, nach Sartène zu gehen. Ein Onkel war gestorben, eine Nichte heiratete, ein Neffe wurde geboren, aber stets war es Martha gelungen, ihren Mann von der Stadt fernzuhalten, die auf der Insel wegen ihrer erbitterten *Vendetta* berüchtigt war. Was in einem andern Dorf als unbedeutender Wortwechsel betrachtet wurde, war in Sartène eine Beleidigung, die nur mit Blut gelöscht werden konnte. Wegen nichtiger Gründe, belangloser als ein Handgemenge, bei dem Blut geflossen war, hatten sich dort ganze Familien gegenseitig ermordet. Wenn Jean Baptiste zufällig einem Mann aus Pierres Familie begegnete, konnte augenblicklich die Fehde mit all ihren unabsehbaren Folgen wieder aufleben. Damals bei der Rauferei war niemand getötet worden. Beide Kämpfer waren verwundet worden, aber Jean Baptistes Beulen und Schrammen waren geheilt, während Pierre lebenslang seine Schneidezähne entbehren mußte. Und Yvonne, sauertöpfisch und frühzeitig gealtert, war immer noch nicht verheiratet. Die Marianis hatten allen Grund, sich beleidigt zu fühlen!

Pasqualina hörte das alles an und begriff es. Achtzehn Jahre lang war nichts geschehen, aber in all den Jahren hatte in Marthas Leben die Angst gelauert, die Angst vor dem, was geschehen würde, wenn Pierre zurückkäme und Jean Baptiste wieder begegnen würde. Denn daß er einmal zurückkommen würde, war sicher. Ein Korse wird immer auf seine Insel zurückkehren. Er wird sich in der Fremde nie ganz heimisch fühlen.

„Vorige Woche wurde Pierres Tochter getraut.“ Marthas

Stimme klang ganz leise. „Mit einem Mann aus Sollacaro. Pierre ist wegen der Hochzeit herübergekommen. Ich lief ihm am Markttag über den Weg – er hat mich erkannt, und ich bin sicher, daß er versuchen wird, Jean Baptiste zu treffen, um die alte Angelegenheit zu regeln."

Pasqualina legte die Hand auf den Arm ihrer Mutter. „Achtzehn Jahre, Maman!" Ihre Stimme klang beruhigend. „Achtzehn Jahre in Paris – die alte Rauferei ist so lange her. Mariani ist so viel älter geworden! Wahrscheinlich findet er es selbst nicht mehr wichtig." Aber während sie das sagte, erinnerte sie sich an eine *Voceru*, die eine Klassenkameradin im Internat oft leise vor sich hingesungen hatte, wenn sie auf jemanden wütend war, eine alte Voceru aus dem Niolo:

Pé far la to vendetta
Sta sigur', vasta anche ella!
Willst du dich rächen
Warte ab, das genügt!

Martha schüttelte den Kopf. Jeder wußte, daß die Männer von Sartène niemals etwas vergessen und gewiß nichts vergeben, daß sie ewig warten können.

„Er will Papa treffen, ich bin ganz sicher. Und dann wird er einen Streit vom Zaun brechen. Wenn er noch so lange auf dem Festland gelebt hat: sobald er Jean Baptiste begegnet, wird es sein, als sei er nie fort gewesen. Jean Baptiste wird nie nach Sartène gehen, das hat er mir versprochen, darauf kann ich bauen. Aber wenn er Pierre anderswo begegnet, und das wird geschehen, weil es Pierre darauf anlegen wird, dann werden beide nicht mehr aufzuhalten sein."

Pasqualina wußte, daß ihre Mutter recht hatte. Wenn

Papa herausgefordert wurde, konnte ihn nichts zurückhalten, dann ging es darum, wer der Stärkste war, der Schnellste beim Überholen des Treckers, beim Hantieren mit dem Messer.

„Papa ist stark und reagiert schnell", tröstete Pasqualina. „Außerdem ist er vorbereitet."

„Kind, was nützt dir das, wenn auf ihn aus dem Hinterhalt geschossen wird?"

Es gab nun kein Geheimnis mehr zwischen Pasqualina und ihrer Mutter. Jetzt teilten sie ihre Ängste.

Bevor es Abend wurde, kam Jean Baptiste nach Hause. Er tat, als ob nichts geschehen wäre, sprach angeregt mit Pasqualina über ihr Diplom, über ihre Anstellung als Lehrerin in Sollacaro, über den Ertrag seiner Oliven, über die Wildschweinjagd. Scheinbar entspannt, ganz ruhig. Aber es entging Pasqualina nicht, daß er an diesem Abend das Gewehr nicht wie sonst an die Wand hängte, sondern neben seinem Bett an den Stuhl lehnte.

In ihrem Zimmer stand sie lange vor dem offenen Fenster. Schon auf ihrer Heimreise hatte sie gespürt, gerochen, daß der *Mistral* kommen würde. Der Wind hatte seitdem stark zugenommen. Ihr wurde kalt.

Pasqualina war enttäuscht. Sie hatte sich von ihrer Rückkehr ins freie Leben soviel versprochen. Nicht, daß sie dort bei den Nonnen in Ajaccio sehr unglücklich gewesen wäre. Sie hatte einen wachen Verstand und empfand es als angenehm, zu den besten Schülerinnen zu gehören. Das war ein Ausgleich dafür gewesen, daß sie im Internat eingesperrt nach den strengen Regeln der Nonnen leben mußte. Irgendwann würde sie ja zu dem Haus in der Macchia zurückkehren. Dann hatte sie ihre Freiheit wieder. Und dann würde ihre Arbeit als Lehrerin beginnen. Nur noch Glück und Freude würde es geben!

Und was hatte sie vorgefunden? Die Bedrohung durch eine Blutrache. Sie zitterte, als ein Windstoß ihren Arm streifte. Die Zweige der alten Eukalyptusbäume bogen sich im Sturm. Der Himmel war merkwürdig hell, der Mistral heulte über den offenen Platz in der Wildnis. Sie wunderte sich darüber, daß Carlo so ruhig hinter der dünnen Bretterwand schlief, die sein Kämmerchen von ihrem trennte. Carlo war der einzige im Haus, der sich so verhielt, wie sie es erwartet hatte; vergnügt und ausgelassen. Aber Carlo mit seinen elf Jahren wußte auch nichts von der Bedrohung, die über ihnen schwebte.

Pasqualina mußte auf einmal an die Sommerferien vor zwei Jahren denken, als Papa sie und Carlo schießen gelehrt hatte. Zu ihrer eigenen Verwunderung war sie eine gute Schülerin gewesen. Sie besaß eine ruhige Hand und große Zielsicherheit und war so flink, daß sie sogar Fische im Wasser treffen konnte. Carlo brachte nicht viel zustande.

Maman hatte protestiert: „Warum bringst du Pasqualina das Schießen bei? Das ist nichts für Mädchen. Es genügt, wenn Carlo es lernt."

Pasqualina hatte sich gewundert, daß Maman nicht weiter darauf eingegangen war, als Papa ganz ruhig geantwortet hatte: „Auch eine Frau muß sich verteidigen können, Martha." Damals hatte sie über diese Worte nicht weiter nachgedacht. Maman fand es nun einmal nicht angenehm, daß ihre Tochter mehr vom Reiten und Schießen hielt als vom Handarbeiten und vom Kochen. Nun erst begriff Pasqualina, was in Mamans Kopf bei diesem kleinen Wortwechsel vorgegangen sein mußte.

Sie schloß das Fenster und begann sich auszukleiden. Lange Zeit lag sie schlaflos im Bett und lauschte der Gewalt des Mistrals, den Windstößen, die vorbeirasten, denen immer eine kurze Stille folgte. Sie dachte an die Schafe, die jetzt noch draußen waren. Sie wußte, daß diese Tiere eine sichere Unterkunft finden würden. Morgen, wenn der Sturm vorbei war, würden Papa und der junge Peretti sie wieder zusammentreiben müssen. Carlo und natürlich die beiden Hunde würden auch mitkommen. Die Hunde schliefen immer in Carlos Kämmerchen. Meistens lag einer am Fußende seines Bettes. Pasqualina zitterte unter der dicken Decke. Sie war bekümmert und fühlte sich einsam. Als sie endlich einschlief, hörte sie im Traum immer noch das Toben des Mistrals. Ab und zu erwachte sie kurz und drehte sich auf die andere Seite. Der Wind heulte und jammerte. Aber es gab noch ein anderes Geräusch, ein unbekanntes wirbelndes Dröhnen. Was war das?

Der Schock ließ Pasqualina hellwach werden. Aufrecht im Bett sitzend, lauschte sie angestrengt den Geräuschen der Nacht. Sie fröstelte unter ihren Decken. Das Geräusch! Da war es wieder! Es schien etwas entfernt zu sein. Es war nicht der Sturm, auch nicht das Brechen der Zweige, das Rauschen der Blätter. Auch nicht ein heulendes Tier. Pasqualina brach der kalte Schweiß aus! Ganz in der Ferne hörte sie es wieder – das Geräusch, das nicht zum Toben des

Mistrals paßte. Eine Trommel im Maquis, ganz weit weg. Eine Trommel!

Da wußte Pasqualina Fabiani, daß etwas Schreckliches geschehen würde, ein Unglück, das nicht mehr aufzuhalten war.

Bei Tagesanbruch hatte sich der Mistral ausgetobt. Eine strahlende Sonne stand über dem Buschland. Das alte Haus bei den Eukalyptusbäumen, umgeben von blühenden Pflanzen auf dem offenen Platz, wirkte wie ein Bild aus einem Märchenbuch.

Pasqualina saß bei heißem Kaffee und Brot. Es kam ein so wohltuendes Gefühl der Ruhe und Sicherheit über sie, daß sie den Spuk der vergangenen Nacht energisch aus ihrem Kopf verbannte. Lächerlich! Sie war so lange weggewesen, sie war in dem fernen Ajaccio so verstädtert, daß sie die bedrückende Atmosphäre nicht mehr ertragen konnte, die manchmal in der Macchia herrscht, wenn der Mistral weht. Sie war von dem, was Maman ihr erzählt hatte, so beeindruckt gewesen, daß sie böse geträumt hatte. Mehr war es nicht. Sie durfte sich nicht so anstellen.

„Hast du in deinem alten Bett gut geschlafen?“ fragte Papa.

Sie sah ihn an, merkte, daß er wirklich fröhlich und sorglos war, daß er nicht nur so tat. Sie blickte zu Carlo hinüber, der seinen Mund viel zu voll stopfte, weil er morgens immer Hunger wie ein Wolf hatte. Dann schaute sie Maman an. Nur sie war bleich und sagte kein Wort.

Nein, dachte Pasqualina, ich erzähle es nicht. Es ist alles Unsinn, dieses Gefühl nahenden Unheils. Ich muß mich nur wieder eingewöhnen. Ich werde mich davor hüten,

Mamans Angst zu vergrößern.

„Herrlich“, log sie. „Es ist gut, wieder zu Hause zu sein.“

Wie sie erwartet hatte, zogen Papa und Carlo mit Peretti los, um die Schafherde, die während der Nacht sicher weit zerstreut worden war, wieder zusammenzutreiben. Fröhlich bellten die Hunde, als sie im Dickicht verschwanden. Pasqualina blieb mit Maman allein. Während sie gemeinsam beschäftigt waren, das Haus aufzuräumen und die vielen Hausarbeiten zu erledigen, die sich täglich wiederholten, fragte sich Pasqualina immer wieder, ob Maman auch diese Trommel gehört hatte. Aber sie wagte nicht, sie danach zu fragen. Es hatte keinen Sinn, Maman zu erschrecken. Maman war außerdem nicht auf Korsika geboren. Sie konnte es nicht gehört haben. Oder doch? Wohnte sie nicht lange genug in der Wildnis, um begreifen zu können, was es bedeutete, wenn sie, Pasqualina, die Trommel in der Macchia gehört hatte?

Sechs Jahre Erziehung bei den Nonnen hatten den alten korsischen Volksglauben nicht zerstört – den alten Glauben, der besagte, daß Trommeln und Stimmen im Maquis die Ankündigung des nahenden Todes waren.

Träge kam die Sonne am Himmel heraufgekrochen. Um das Haus herum war es still. Die Esel standen unter den Eukalyptusbäumen und knabberten an abgerissenen Zweigen. Ihre Bewegungen waren träge. Als Pasqualina aus dem Haus trat, trotteten sie auf sie zu, rieben ihre Köpfe an ihrem Arm, bettelten um etwas Leckeres. Pasqualina streichelte ihr rauhes Fell, klopfte ihnen den Hals. Es war gut, wieder zu Hause zu sein bei Papa und Maman, bei Carlo und den Tieren.

Während der *Siesta* lag sie auf dem Bett und betrachtete die niedrige Zimmerdecke. Es war, als ob sie nie fortgewesen wäre. Aber hinter all ihren Gedanken stand die Bedrohung, die unsichtbare Bedrohung, überall. Sie erhob sich, ging zum Fenster. Der offene Platz in der Wildnis war wie ein Paradies, voll Duft und Farbe. Die Esel standen jetzt am Bach, scheuerten ihre Köpfe mit liebkosender Gebärde aneinander.

Gegen Abend stellte Maman Brot und selbstgemachten Käse auf den Tisch. Sie warteten jetzt auf die Heimkehr der Männer. Es dauerte lang, endlos lang. Die Sonne ging hinter den Bäumen des *Forêt Pennenti* unter. Hoch am Himmel erschien die Mondsichel. Die Düfte der Macchia wurden intensiver. Zikaden zirpten ihr endloses Lied. Nach der Wärme des Tages brachte der Wind Abkühlung. Wie anders war es jetzt auf dem kleinen Bauernhof als am Abend zuvor, als der Mistral so wehte, als sollte die Welt untergehen!

Maman sprach wenig. Sie hatte die Suppe auf den Herd gestellt und rührte ab und zu darin. Noch immer kein Geräusch, das das Kommen der Männer ankündigte.

Maman schleppte sich zum Tisch. „Laß uns essen, Kind." Ihre Stimme klang müde und tonlos. Sie schöpfte zwei Teller mit Suppe voll. Ohne Appetit begannen sie mit der Mahlzeit.

„Vielleicht sind Schafe mit gebrochenen Beinen dabei", sagte Pasqualina, nur um etwas zu sagen. „Sie müssen diese Nacht weit voneinander getrennt worden sein. Ehe man sie alle wieder beisammen hat – zweihundert Schafe sind viel."

Maman nickte.

„Und es werden auch Brunnen verstopft sein", fuhr Pasqualina fort. „Nach dem Mistral sind immer Brunnen verstopft. Die müssen sie reinigen. Papa ist in diesen Arbeiten so geschickt und flink. Carlo muß alles noch lernen. Das kostet natürlich auch Zeit. Vielleicht bringt er Carlo bei, wie man ein gebrochenes Bein schient."

Die Öllampe flackerte kurz auf. Groteske Schatten bewegten sich auf der Wand, als Maman aufstand, um die Suppenteller wegzustellen. Sie schenkte Kaffee ein.

Pasqualina hob lauschend den Kopf. Da, das Geräusch nahender Schritte, Pferdegetrappel! Sie sprang auf und lief zur Tür. Maman kam hinter ihr her.

Auf dem freien Platz, der vom Mond beschienen wurde, nahten Menschen, viele Menschen. Pasqualina konnte die Gesichter nicht deutlich erkennen. Sie ging der Gruppe entgegen. Was trugen die Männer dort? Wo war Peretti? Wo Carlo? War Papa nicht dabei?

Sie erkannte ein paar alte Hirten, Männer von einem weiter entfernten Bauernhof, einen Freund, mit dem Papa oft zur Schweinejagd ging. Dann sah sie, wen die Männer mit sich trugen, auf einer Trage von unbehauenen Zweigen.

Maman schrie auf, stieß sie zur Seite, stürzte auf die Trage zu. Aus der Gruppe drängte sich jemand an sie. Carlo! Er schlug die Arme um die Mutter und brach in Tränen aus. Alle begannen durcheinander zu sprechen.

Pasqualina spürte, wie ihr eiskalt wurde, wie sie versteinerte. Jetzt, wo geschehen war, was sie geahnt hatte, handelte sie wie in Trance. Sie riß die Tür weit auf, so daß die

Männer mit ihrer traurigen Last hereinkommen konnten. Im Licht der hochgeschraubten Öllampe sah sie Papas Körper. Er lag ausgestreckt auf der notdürftig zusammengeflickten Trage. Neben ihm lag das Gewehr. Papa sah so wie immer aus, als ob er jeden Augenblick zu sprechen anfangen könnte. Sein braungebranntes Gesicht, sein kräftiger Hals, die weißen Zähne in dem leicht geöffneten Mund sahen aus wie immer. Es war, als ob er während der Siesta eingeschlummert sei. Aber auf seinem karierten Hemd waren zwei hellrote Flecken.

Jean Baptiste Fabiani war tot. Jung und stark, fünfundvierzig Jahre alt, voll Lebenskraft: in der Lebensmitte erschossen von einem Meuchelmörder, ermordet von einem ehemaligen Schulfreund. Beinahe zwanzig Jahre auf dem Festland hatten nicht ausgereicht, den Mann aus Sartène seine Rachegefühle vergessen zu lassen.

Sechs Jahre lang hatte Pasqualina Fabiani sich darauf gefreut, für immer zu Hause zu sein. Zu Hause, auf dem freien Platz in der Macchia. Zu Hause war sie frei wie ein Vogel, nicht mehr hinter Klostermauern eingesperrt, nicht mehr von Regeln eingeengt, die andere aufgestellt hatten, um ihr Leben in bestimmte Bahnen zu lenken. Frei zu leben, wie sie selbst es wollte, nach eigenen Vorstellungen, nach eigenem Recht.

In dem Augenblick, als Pasqualina auf ihren toten Vater hinunterschaute, wußte sie, daß die Freiheit des Maquis, nach der sie sich so sehr gesehnt hatte, nur Schein war, für den entsetzlich teuer bezahlt werden mußte.

In einer einzigen Nacht verwandelte sich die fröhliche,

übermütige, jungenhafte Pasqualina Fabiani von einem unbeschwerten Kind in eine mit Sorgen belastete Frau.

Seit dem Moment, als man ihren toten Mann nach Hause gebracht hatte, lebte Martha fast marionettenhaft. Sie tat alles, was von ihr erwartet wurde, ganz mechanisch. Sie sagte nichts, aß kaum. Ihrem Leben war der Halt genommen. Von einem Augenblick zum anderen war sie wieder eine Fremde, eine Frau, die nicht nach Korsika gehörte. Wie sehr sie auch in den hinter ihr liegenden zwanzig Jahren versucht hatte, sich anzupassen: nachdem sie dieses große Unglück getroffen hatte, handelte sie wieder wie die Frauen vom Festland. Pasqualina war es, die alles ordnete, so wie es auf Korsika der Brauch war. Sie ließ ihren Vater auf dem großen Tisch aufbahren. Sie sorgte für Brot und Wein für die vielen Leute, die jetzt aus der Wildnis auftauchten, um Jean Baptiste die letzte Ehre zu erweisen. Vier Hirten, seine persönlichen Freunde, hielten neben dem Toten Wache. Viele andere kamen mit ihren Frauen im Laufe des Morgens, und alle diese Menschen beteten laut, während die Rosenkränze durch die Finger glitten. Martha sah das alles wie eine Fremde. Sie blickte auf die Frauen, die ihr Haar gelöst hatten und in Wehklagen ausgebrochen waren, als ob sie sie zum erstenmal in ihrem Leben sähe. Alle lobten Jean Baptiste, alle betonten, welch guter Hirte er gewesen war, welch großartiger Jäger. Eine alte Frau kam nach vorn. Es war Madame Carabelli, die *Voceratrice* aus Cargese. Sie beugte sich über den toten Körper und flüsterte ihm etwas ins Ohr. Dann tat sie, als ob sie einer Antwort des Toten lausche. Sie hielt ihren Kopf jetzt dicht über seinen Mund. Ihr aufgelöstes Haar berührte seine Brust. Pasqualina wußte, sie wollte dadurch zu erkennen geben, daß sie als Überbringer der Gedanken des Toten auftrat. Dann begann die Frau, eine *Voceru* zu singen.

Martha sah das alles geschehen, ohne daß es zu ihr durchdrang. Sie hatte nur Augen für den Mann, der da aufgebahrt lag, für den Mann, der ihr ganzes Leben ausgemacht hatte und der nun tot war, unwiderruflich tot. Achtzehn Jahre lang hatte sie immer bei all ihren Gedanken, selbst in ihren glücklichsten Augenblicken, die unbestimmte Angst verspürt vor dem, was jetzt geschehen war. Ihre Welt war eingestürzt, und sie fühlte nur eine Leere, eine unendliche Leere. Sie hörte nicht, was die Menschen in dem überfüllten Raum sagten. Sie hörte nicht, was Madame Carabelli, die Voceratrice, sang. Sie war wieder die Fremde, die Frau vom Festland, die Außenstehende, die nichts begriff von dem, was um sie herum geschah. Aber Pasqualina verstand und begriff wohl.

„Glücklich ist Jean Baptiste Fabiani", sang die Voceratrice, „denn er hat einen Sohn – Sohn, sieh deinen Vater – sieh sein blutbeflecktes Hemd – zwei Löcher findest du darin – suche die Hand, die geschossen hat – das Auge, das gesehen hat – das Herz, das gedacht hat..."

Pasqualina hörte die Worte und vergaß sie nie mehr. Unbändiger Haß kam in ihr auf. Haß auf die Marianis, die sie nicht kannte, die sie nie gesehen hatte, von deren Dasein sie erst am Tag zuvor von Maman gehört hatte, die jedoch ihr Leben ruiniert hatten, ihr Leben und das von Maman und von Carlo.

Pasqualinas Augen glitten über die Bahre, über das Gewehr. Sie spürte den Drang in sich, es aufzuheben, damit nach Sartène zu reiten, um auf die Mörder ihres Vaters zu schießen, bis alle Patronen verschossen waren.

Dann fiel ihr Blick auf den kleinen Carlo. Er saß dicht an seine Mutter gedrängt. Mit großen, angstvollen Augen starrte er vor sich hin. Pasqualinas Haßgefühle vergingen beim Anblick der beiden. Sie sah, wie hilflos beide waren, wie fremd in dieser harten korsischen Welt. Sie wußte, daß nur in ihr korsisches Blut überwog, daß nur sie handeln konnte.

„Glücklich ist Jean Baptiste Fabiani – er hat einen Sohn – einen Sohn, der seine Ehre rächen wird..." sang die Voceratrice.

Pasqualina holte Kaffee, Brot und Wein für die Gäste.

Von nah und fern kamen die Freunde von Jean Baptiste zum Begräbnis. Das kleine Haus war bis zum Rand gefüllt mit wehklagenden, weinenden, jammernden Menschen, die unaufhörlich den Rosenkranz beteten. Viele Male sang die Voceratrice ihre improvisierten Totenlieder, deren Höhepunkt immer wieder ein Aufruf zur Rache war.

„Jean Baptiste – noch mußt du warten – aber du weißt, daß er dich rächen wird. Einst wird er dich rächen – dein Sohn – denn er ist ein guter Sohn, und er hat die Löcher in deinem Hemd gesehen – zwei Löcher – für jedes Loch ein Loch in einem anderen Hemd..."

Hörte Carlo, was dort gesungen wurde? Erreichten ihn

die Worte der *Voceru?* Die ganze Zeit über saß er kerzengerade neben Martha, seine Hand in der ihren.

Sie begruben Jean Baptiste auf seinem eigenen Grund und Boden, auf dem nächsten freien Platz in der Macchia, dort, wo der Bach in den Taravo mündet. Pasqualina war es, die dafür sorgte, daß sein Name in den Stein aus Granit gemeißelt wurde:

JEAN BAPTISTE FABIANI
1861–1906

Sie sorgte dafür, daß um den Stein drei Mauern von Steinen gebaut wurden, die aus korsischer Erde stammten, daß ein Dach über dem kleinen Denkmal angebracht wurde, daß daneben eine *Bougainvillea* aus seinem eigenen Garten gepflanzt wurde.

Die Trauergäste verschwanden wieder im Maquis. Es wurde still auf dem Hof. Als Martha und Carlo zu Bett waren, saß Pasqualina noch lange allein vor dem Herdfeuer. Sie starrte in die Flammen und sah darin Bilder aus ihrer Kindheit. Papa, der einen Mufflon für sie gefangen und gezähmt hatte; Papa, der sie reiten und schießen lehrte; Papa mit seinem fröhlichen Lachen, mit seiner starken Ausstrahlung. Pasqualina stand auf und ging zu der großen Kommode. Sie zog die unterste Lade auf und blickte auf ein kleines Stoffbündel: das blutbefleckte Hemd. „Heb es gut auf, Pasqualina", hatte Madame Carabelli gesagt, „heb es gut auf – bis Carlo groß genug ist!"

Sie hatte nur genickt. Was sollte sie dazu sagen? Daß Carlo für die Aufgabe, die sie ihm aufgezwungen hatte, nicht geeignet war? Sie würden es doch nicht verstehen, die korsischen Frauen, die seit Menschengedenken nach den althergebrachten Regeln von Ehre und Rache lebten, die es für eine unverzeihliche Schwäche halten würden, wenn sich ein Sohn der Verpflichtung entzog, seinen Vater zu rächen.

Pasqualina hatte es einen Augenblick lang merkwürdig gefunden, daß sich Madame Carabelli an sie wandte statt an Maman. Als ob sie die Witwe wäre! Konnte sie der armen Martha deutlicher zeigen, daß sie sie nicht akzeptierte, wo es um rein korsische Angelegenheiten ging?

Was dachte, was fühlte Maman? Spürte sie ebenso wie Pasqualina diesen wilden Haß in sich gegenüber den Marianis? Es schien so, als ob Maman überhaupt nicht an die Marianis dächte. Pasqualina spürte das Bedürfnis, mit jemandem darüber zu sprechen, aber mit wem? Maman war unerreichbar in sich selbst verschlossen, Maman würde sie nur verständnislos ansehen. Carlo war noch ein Kind.

Draußen nahten Schritte. Sie hielten vor der Tür inne. Die Klinke hob sich.

François Peretti, der junge Hirte, trat ein. „Ich habe die Tiere versorgt“, sagte er. „Hast du mich noch nötig, Pasqualina, oder kann ich schlafen gehen?“

„Warte noch, François, ich mache dir eine Tasse Kaffee.“

Über den Becherrand sah er sie an. Ohne Einleitung sagte er: „Mariani ist in die Macchia geflohen – die Gendarmen waren an seiner Tür.“

„Ich habe es nicht anders erwartet.“

„Ich will versuchen herauszubekommen, wo er steckt. Ich denke, oberhalb von Sartène. Dort hat er seine Anhänger. Da kann er nachts bei seinen Freunden an die Tür klopfen, um sich das zu holen, was er nötig hat. Wenn er in diese Gegend kommt, ist er verloren."

„Wenn er mir jetzt vor die Füße liefe, würde ich selbst ihn niederschießen", sagte Pasqualina.

Peretti stellte seinen Becher auf den Tisch. Der Feuerschein fiel auf Pasqualinas Gesicht. Es war wie aus Granit gemeißelt. Sie ist eine Korsin – sie ist genau wie ihr Vater! dachte er. Aber er erkannte auch, daß sie eine schöne Frau war, eine besondere Frau, die impulsiv und willensstark war wie ihr Vater, aber auch freundlich und ab und zu sanft wie ihre Mutter. Außerdem hatte sie etwas gelernt! Sie hatte ein Diplom, Kinder unterrichten zu dürfen. Das imponierte Peretti. Und es verwirrte ihn.

Um Haltung zu bewahren, begann er zu sprechen. „Welche Pläne hast du, Pasqualina? Wirst du hier wohnen bleiben? Wer soll dann die Arbeit von Jean Baptiste tun?"

„Ich weiß nicht, was Maman will", sagte sie matt. „Maman muß einen Entschluß fassen." Aber sie wußte, daß es eine Ausrede war. Tatsache war, daß sie in Zukunft beschließen mußte, daß sie entscheiden mußte, wie es weitergehen sollte. Sie sah müde und sorgenvoll aus.

Peretti dachte: Sie muß heiraten. Es muß sobald wie möglich wieder ein Mann auf den Hof kommen, der Jean Baptistes Platz einnehmen kann. Der Mann, der sie bekommen würde, würde eine gute Frau an ihr haben, eine, die zupacken kann, die Verstand hat, eine schöne Frau. Er kannte Pasqualina schon sein ganzes Leben lang. Er war mit ihr zur Schule gegangen, hatte sie regelmäßig in den Ferien getroffen, wenn sie zu Hause waren – zum erstenmal sah er in ihr die erwachsene Frau.

Zum erstenmal kam ihm auch der Gedanke, daß sie seine Frau werden könnte. Er sah sie aus den Augenwinkeln an. Woran dachte sie jetzt? Wie fand sie ihn? War ihr jemals der Gedanke gekommen, daß François Peretti, der Spielkamerad aus ihrer Kindheit, Verlangen nach ihr hatte? Oder war sie eingebildet geworden, nachdem sie studiert hatte, und würde ihn weit unter ihrer Würde finden?

Mit müder Gebärde strich Pasqualina das Haar aus der Stirn nach hinten. „Ich weiß es noch nicht, François", sagte sie matt. „Es ist soviel geschehen, seit ich wieder zu Hause bin – ich muß alles in Ruhe überdenken – mit Maman besprechen..."

„Du kannst immer auf mich zählen, Pasqualina", sagte er.

„Danke, François! Ich werde daran denken."

Der Sommer, auf den sich Pasqualina in Ajaccio so gefreut hatte, ging freudlos vorbei. Martha wurde immer stiller. Sie erledigte ihre tägliche Arbeit wortlos und überließ Pasqualina alle Entscheidungen. Sie alterte zusehends und wurde immer magerer. François Peretti zog auf dem Bauernhof ein. Er richtete eine Ecke in der großen Scheune für sich her. Dort schlief er beim Vieh. Er war eine gute, vertrauenswürdige Arbeitskraft, er sorgte für die Tiere, regelte mit Pasqualina alle notwendigen Angelegenheiten. Ein Junge aus Calvese wurde sein Gehilfe.

Martha ließ ihre Tochter wirtschaften. Nur einmal erwachte die alte Energie in ihr. Da verteidigte sie ihren Standpunkt, faßte selbst einen Entschluß. Es ging um

Carlos Zukunft, der im September zwölf Jahre wurde.

„Carlo geht im nächsten Schuljahr nach Toulon", sagte sie fest entschlossen zu Pasqualina. „Ich hatte das schon mit deinem Vater besprochen. Carlo hat viel Verstand. Er muß eine höhere Schule besuchen, er muß die Möglichkeit bekommen, zur Universität zu gehen. In Toulon gibt es ein ausgezeichnetes Internat."

Erstaunt blickte Pasqualina von ihrer Näharbeit auf. „Warum Toulon, Maman?" fragte sie. „Das ist so weit weg. Wenn er in Ajaccio auf eine höhere Schule geht, kann er öfter zwischendurch nach Hause kommen. Ich finde den Gedanken nicht schön, daß Carlo so weit fortgeht."

„Nein!" Marthas Stimme klang seltsam harsch. „Carlo geht aufs Festland. Er muß die beste Ausbildung bekommen. Papa wußte von dem Internat in Toulon, er war damit einverstanden. Dafür ist Geld da, Pasqualina. Ich finde es auch schlimm, daß er so weit weg muß, aber es ist besser so." Plötzlich nahm sie wieder ihre schicksalergebene Haltung ein. Ihre Stimme verlor an Entschlossenheit. „Es ist in jeder Hinsicht besser – in jeder Hinsicht."

Pasqualina gab keine Antwort darauf. Ihre Augen schweiften von Maman zur Kommode. Obwohl sie anfangs vorgehabt hatte, Maman davon zu überzeugen, daß Carlo besser auf Korsika bleiben sollte, jetzt, wo sie mehr denn je Unterstützung und Zuneigung nötig hatten, begriff sie plötzlich, was Maman zu ihrem Entschluß gebracht hatte.

„Gut, Maman – vielleicht hast du recht. Carlo muß die besten Möglichkeiten bekommen. Ich weiß, daß Papa das auch gewollt hätte." Es ist wirklich das beste für Carlo, wenn er aufs Festland geht, dachte sie. Ich darf mich nicht dagegen wehren. Maman hat recht. Meinem Bruder müssen die besten Vorbereitungen für die Zukunft geboten werden. Aber dabei dachte sie nicht an seine Karriere.

Im September änderte sich viel. Carlo ging aufs Festland. Martha und Pasqualina begleiteten ihn bis zu dem Boot in Ajaccio. Er kämpfte krampfhaft mit den Tränen, bis das Schiff abfuhr.

„Gib dein Bestes!" rief Pasqualina vom Kai aus. „Zeig ihnen, daß auch in der Macchia Menschen mit Verstand geboren werden!" Sie lachte und winkte, sie versuchte mit aller Gewalt, einen sorglosen Eindruck zu machen, ihn aufzumuntern. Als die Gestalt des Jungen an Deck immer kleiner wurde, hätte sie vor Kummer weinen mögen, aber sie durfte sich nicht gehenlassen, weder ihm gegenüber noch gegenüber der Mutter. „Schreib, hörst du!" schrie sie noch, als er es schon längst nicht mehr hören konnte. Sie legte ihren Arm um Maman und sagte, wie sie schon als kleines Mädchen gesagt hatte: „Carlo wird ein großer Gelehrter – Priester oder Bürgermeister oder so!"

Auf Marthas Gesicht erschien ein kleines Lächeln.

An diesem Abend war es auffallend still im Haus. Obwohl Carlo doch ein ziemlich ruhiges Kind war, spürten sie seine Abwesenheit überdeutlich. Wie sie so um den Tisch saßen, Martha, Pasqualina und François, waren sie alle drei in Gedanken bei dem kleinen Jungen, der, so wie er aus dem Maquis kam, versuchen mußte, mit einer Klasse ihm unbekannter Jungen vom Festland auszukommen.

„Wenn sie ihn belästigen, dort, die Bengel in Toulon, wird er sie schon seine korsischen Fäuste spüren lassen“, sagte François voller Überzeugung. „Ich habe ihm gesagt, daß er sofort zuschlagen muß, wenn sie ihn ärgern. Wenn man das einmal macht, hat man für immer Ruhe.“

„Er lernt so leicht, daß ihn seine Klassenkameraden sicherlich bald um Hilfe angehen werden“, sagte Pasqualina, die Lehrerin. „Wenn sie dich nötig haben, sind sie schon freundlich zu dir. Wissen ist Macht!“

Martha war mit ihren Gedanken schon viel weiter in der Zukunft. „Wenn er die Universität besucht, bekomt er wahrscheinlich eine wichtige Stelle in Paris“, meinte sie. „Dann ziehe ich auch nach Paris und mache ihm den Haushalt.“ Sie merkte selbst, wie lächerlich das alles klang, und mußte wahrhaftig darüber lachen.

„Recht so, nur zu!“ rief Pasqualina. „Und mich läßt du dann sicher ganz allein in der Macchia zurück. Sehr freundlich, wirklich!“

„Bis dahin bist du schon längst verheiratet.“

Pasqualina merkte nicht, wie Mamans Augen kurz in die Richtung von François blickten. Sie war aufgestanden und holte eine Flasche aus dem Schrank. Sie wollte verhindern, daß die Stimmung jetzt wieder umschlug, sie wollte das Lachen auf Mamans Gesicht festhalten. „Wir trinken einen handfesten Pastis darauf“, sagte sie etwas zu vergnügt. „Auf die brillante Zukunft von Carlo Fabiani!“ Sie trank den Anisschnaps mit einem Ruck und spürte, wie das starke Getränk in der Kehle brannte. „Prost, Maman! Prost, François! Auf Carlos Zukunft!“

Sie wußte jetzt, daß ihre Mutter nicht nur Angst vor der Gefahr gehabt, in der ihr Vater geschwebt hatte. Sie hatte gemerkt, daß Martha sich vor Korsika fürchtete!

In Sollacaro stand Pasqualina zum erstenmal vor der Klasse. Jeden Morgen ritt sie in aller Frühe auf ihrem Esel von ihrem Bauernhof in das Dorf. Das war ungefähr eine Stunde entfernt. Es machte ihr nichts aus. Es war, als ob sie ihr sorgenvolles Leben hinter sich ließe und in die Freude flüchtete, die ihr ihre Arbeit bereitete.

Pasqualina fiel es leicht, die Zuneigung der Kinder zu gewinnen, denn sie kümmerte sich um jedes einzelne. Es dauerte nicht lange, und sie hatte alle Kinder auf ihrer Seite. Die Frauen von Sollacaro, erst voll Mißtrauen gegen die Tochter der Französin, gegen die Frau, die „gelernt" hatte, gewöhnten sich schnell an die neue Lehrerin ihrer Kinder.

Zu Hause sorgte François Peretti für den Betrieb. Martha erledigte den Haushalt, machte Käse, kochte, nähte und versorgte den Gemüsegarten, genau wie früher. Nur sang sie nicht mehr dabei, und ihr fröhliches Lachen klang nie mehr durchs Haus.

Die ersten Briefe von Carlo waren munter. Er hatte schon sehr rasch an Ansehen bei seinen Klassenkameraden gewonnen, nicht durch die Kraft seiner korsischen Fäuste, wie François geglaubt hatte, sondern durch seinen wachen Verstand. Pasqualina hatte recht behalten: Wissen ist Macht. Carlo, der Junge aus dem Maquis, war binnen ein paar Wochen der Kamerad, der alles wußte, der immer helfen konnte, wenn man eine Summe nicht herausbekam, wenn man Schwierigkeiten im Sprachunterricht hatte. Außerdem war er freundlich und schloß leicht neue Kontakte. So gewann er einen großen Freundeskreis. Ab und zu plagte ihn wohl das Heimweh, dann sehnte er sich nach Maman und Pasqualina, nach den Tieren und nach der Macchia. Aber das Heimweh dauerte nie lange. Es gab in Toulon auch so viel zu erleben!

Marthas Angst, daß sich ihr Sohn auf dem Festland nicht eingewöhnen könnte, schwand. Jeden Brief las sie viele Male. Auch Pasqualina las die Briefe mit größter Sorgfalt. Sie war wegen Maman froh, daß ihr Bruder es in Toulon aushalten konnte.

„Carlo gleicht eigentlich mehr dir, Maman, als Papa“, sagte sie zu ihrer Mutter. „Er fühlt sich da richtig zu Hause. Ich glaube, daß ich mich dort nicht eingewöhnen könnte. Ich möchte niemals von hier fort.“

Martha antwortete nicht. Es stimmte, was Pasqualina sagte. In Carlo waren alle ihre Eigenschaften vereinigt. Pasqualina war viel mehr das Ebenbild ihres Vaters. Das ist gut so, dachte Martha. Besser so, als umgekehrt. Carlo muß auf dem Festland bleiben. Carlo darf nicht zurückkommen. Pasqualina ist eine Frau, für sie ist Korsika nicht so gefährlich. Aber sie sprach diese Gedanken nicht aus.

Der Winter ging ohne besondere Ereignisse vorüber. Ab und zu erschien jemand auf dem Hof, der wußte, wo Pierre Mariani aufgetaucht war. Solche Mitteilungen erreichten Pasqualina meistens über François. Martha sagte nichts dazu. Sie besuchte regelmäßig das Grab von Jean Baptiste, brachte Blumen und zündete Kerzen an. Aber über seinen Mörder verlor sie kein Wort.

Obwohl ihre Mutter nie klagte, fiel Pasqualina auf, daß Martha immer schmaler, immer bleicher wurde. „Es wird Zeit, daß es Frühling wird“, sagte sie zu François. „Maman muß wieder aufleben. Sie ist in nicht einmal einem Jahr um zehn Jahre gealtert.“

Es war René Luciani aus Calvese, der Gehilfe von François, der ihr in seiner kindlichen Offenherzigkeit den Schock versetzte, der Pasqualina nächtelang den Schlaf raubte.

An einem Abend im März, als sie von Sollacaro zurückkam und vom Rücken ihres Esels glitt, hörte sie Stimmen in der Scheune, wo François immer schlief.

„Du hältst deinen Mund“, hörte sie François sagen. „Ich will nicht, daß du Pasqualina oder Martha in Angst und Schrecken versetzt. Und vielleicht ist es gar nicht wahr – ist es nur Gerede. Du weißt, wie die Frauen in den Dörfern tratschen.“

Pasqualina, die im Begriff war, in die Scheune zu gehen, blieb stehen. Was wollte François vor ihr geheimhalten? Was hatte René gerade erzählt? Was sollte sie nicht wissen? Obwohl sie spürte, daß sie besser daran tat, nicht zu lauschen, siegte die Neugier über ihre Vernunft.

„Madame Roccaserra ist eine bekannte *Mazzere*“, hörte sie den Jungen erzählen. „Alle wissen, daß ihre Prophezeiungen immer eintreffen. Sie hat es selbst zu meiner Mutter gesagt. Es war unverkennbar Martha Fabianis Gesicht, das sie in dem Tier erkannte.“

„Du schweigst, denk daran! Wenn es stimmt, was du sagst, können wir doch nichts daran ändern. Du erreichst nur, daß Pasqualina keine ruhige Minute mehr hat. Eine schlechte Nachricht kommt immer noch früh genug. Pasqualina hat schon genug Sorgen!"

In dieser Nacht lag Pasqualina wach im Bett und starrte an die Decke. Sie hatte von dem, was der Junge gesagt hatte, nur sehr wenig verstanden. Aber es genügte, um ihr die Nachtruhe zu rauben.

Natürlich kannte sie Madame Roccaserra. Natürlich wußte auch sie, daß sie eine Mazzere war, die sich nie irrte. In Gedanken sah sie die alte Frau bei Nacht auf Jagd gehen, auf Seelenfang. Welches Tier hatte sie getötet? Das hatte René nicht gesagt. Aber das tat auch nichts zur Sache. In dem von ihr getöteten Tier hatte Madame Roccaserra Martha Fabiani erkannt. Damit war alles gesagt. Ein Jahr noch hatte Maman zu leben, wenn es viel war. Höchstens noch ein Jahr!

Tränen schossen in Pasqualinas Augen. Jetzt, wo sie allein war, versuchte sie nicht, sich zu beherrschen. Mein Gott, was soll ich tun? Jeder konnte sehen, daß es Maman nicht gut ging. Sie hatte Papas Tod nie verwunden. Sie hatte keinen Lebensmut, keinen Lebenswillen mehr.

In Pasqualina flammte der Haß auf Pierre Mariani wieder auf. Der war an allem schuld! Mit dem Mord an Papa hatte das ganze Elend angefangen. Mariani trug die Schuld daran, daß jetzt auch Maman sterben würde. Keinen Augenblick richtete sich ihr Haß gegen Madame Roccaserra. Sie wußte, daß die Mazzere nicht dafür konnte, daß sie in Trance handelte, nicht verantwortlich war für das, was sie sah, wenn sie in der Macchia jagte. Eine Mazzere schadet weder ihren Feinden, noch beschützt sie ihre Freunde. Sie tut nur das, wozu sie getrieben wird, ohne Ansehen der Person, man kann sie nicht dafür verantwortlich machen.

Wenn Gedanken töten könnten, hätte Pasqualina in dieser Nacht Pierre Mariani umgebracht.

Ihr Kopf barst fast vor Schmerzen, als sie am folgenden Morgen auf ihrem Esel von zu Hause fortritt. Sie flüchtete sich wieder in ihre Arbeit, zu dem Kontakt mit den Kindern. Sie war dankbar, daß sie das wenigstens noch hatte. Denn sie würde, was jetzt kam, ganz allein tragen müssen. Es gab niemanden, mit dem sie ihre Ängste teilen konnte.

Im Sommer kam Carlo, um seine Ferien auf dem Bauernhof zu verleben. Auch Pasqualina hatte schulfrei. Alle hatten Freude an Carlos Berichten. Er war groß geworden, viel erwachsener. Er hatte etwas erlebt, er brachte etwas von der weiten Welt ins Haus. Das Lernen auf der höheren Schule machte ihm überhaupt keine Schwierigkeiten. Er wußte jetzt auch, was er später werden wollte: Jurist. Er würde die Rechte studieren. „Das ist ein Studium, womit man überall gebraucht wird", sagte er begeistert. „Ohne Recht und Gesetz ist kein menschliches Zusammenleben möglich. Vielleicht werde ich Rechtsanwalt – vielleicht auch Richter. Das weiß ich noch nicht."

François schmunzelte. „Auf Korsika nimmt ein Mann sein Recht selbst in die Hand." Es entging Pasqualina nicht, daß Maman erschrak und das Gespräch schnell in eine andere Bahn lenkte.

„Werd erst mal auf der höheren Schule fertig“, sagte Pasqualina. „Vielleicht wirst du nach dem Schlußexamen Arzt werden, Carlo, oder Priester – wer weiß. Erinnerst du dich noch daran, daß ich das früher immer sagte? Carlo wird etwas ganz Besonderes, Priester oder Bürgermeister oder so. Du brauchst glücklicherweise noch nicht endgültig zu wählen. Dazu hast du noch ein paar Jahre Zeit.“

„Ich bin mir ganz sicher!“ antwortete Carlo entrüstet.

Es war ein schöner, nicht zu heißer Sommer. Martha blühte in Carlos Anwesenheit wieder auf. Sie kochte seine Lieblingsspeisen, ließ ihn immer wieder von seinem neuen Leben dort auf dem Festland erzählen. Pasqualina bemerkte, daß ihre Augen dabei so merkwürdig glänzten.

„Maman ist wirklich ein bißchen glücklich“, sagte sie zu François, als sie zusammen im Garten arbeiteten. Glaubte sie selbst auch daran? Oder wollte sie das gern glauben? „Ihre Augen sehen ganz anders aus.“

François strich sich die strubblige Mähne zurück. Was sollte er sagen? Einen Augenblick lang dachte er daran, daß er Pasqualina vor dem warnen müsse, was er von René Luciani gehört hatte. Auch er hatte gesehen, wie Marthas Augen glänzten, aber er traute dem nicht. Er schlug sich den Gedanken wieder aus dem Kopf. Wenn jetzt endlich wieder etwas Frohsinn im Haus herrschte, würde er das nicht durch eine Mitteilung aufs Spiel setzen, die Pasqualina verzweifeln lassen mußte, ohne daß sie etwas daran ändern konnte.

„Deine Mutter lebt auf, weil sie nun weiß, daß es Carlo gut geht“, antwortete er ausweichend. „Aber daß er Rechte studieren will! Wie kommt der Junge bloß darauf?“

Der fröhliche Sommer mit Carlo nahm ein Ende. Sie brachten ihn wieder zum Boot. Während Martha die Gelegenheit nutzte, ein paar geschäftliche Dinge auf der Bank zu regeln, schlenderte Pasqualina mit Carlo über den Boulevard und den Cours Grandval. Er sprach wieder überschwenglich von seinen Plänen. Pasqualina hörte nur halb zu. Sie war besorgt. Mit bangem Herzen sah sie eine Stunde später, wie Martha von ihrem Sohn Abschied nahm. Würde sie ihn noch einmal wiedersehen? Hatte sie eine Ahnung davon, was ihr bevorstand?

Auf dem Heimweg war Martha still. Abends, nachdem François zu Bett gegangen war, tranken sie zusammen noch Kaffee. Ganz ruhig, ohne Gemütsbewegung, begann Martha zu reden.

„Pasqualina, ich habe dir schon lange etwas sagen wollen. Das muß nun endlich einmal geschehen. Du hast jetzt selbst gesehen, daß Carlo mehr Franzose als Korse ist. Er fühlt sich dort auf dem Festland zu Hause. Wenn es irgend geht, muß er da bleiben, dort seine Zukunft suchen. Ich weiß nicht, ob ich noch lange leben werde. Ich bin so schrecklich müde! Wenn mir einmal etwas passiert, wirst du dann dafür sorgen, daß Carlo sein Studium beendet, daß er seine Chance auf dem Festland bekommt? Das Geld, das wir nach Papas Tod für das Feld mit den Olivenbäumen bekommen haben, muß für Carlos Studium bleiben. Ich habe es heute in Ajaccio auf eine Bank in Toulon überweisen lassen. Laß ihn nicht zurückkommen, wenn mir etwas passieren sollte!“

Pasqualina blickte ihrer Mutter erschrocken ins Gesicht. Sie sah, wie Mamans Augen fiebrig glänzten. Hatte sie etwas von den Gerüchten in Sollacaro gehört? Wußte sie, was die Mazzere gesehen hatte?

„Du darfst nicht so reden!“ sagte sie lebhaft. „Es ist nicht gut, so pessimistisch zu sein. Warum solltest du nicht mehr lange leben? Es ist normal, daß du dich so müde fühlst. Wenn man solch einen Schlag hinter sich hat wie du, fühlt man sich natürlich ganz elend. Das kann schon eine ganze Weile dauern. Daran stirbt man noch nicht!“

„Du hast mir noch keine Antwort auf meine Frage gegeben, Pasqualina. Wirst du dafür sorgen, daß Carlo sein Studium beendet?“

„Wenn es dich beruhigt, will ich dir das fest versprechen, Maman. Aber dann darfst du nicht mehr vom Sterben reden. Wir können einander nicht verlieren.“

Maman nickte zufrieden. „Carlo mit seinem Wunsch, Jura zu studieren, paßt nicht mehr nach Korsika. In Korsika macht man sich über verbrieftes Recht lustig, über geschriebene Gesetze. Er muß dort bleiben.“

„Es waren jedenfalls schöne Wochen mit Carlo, als er wieder zu Hause war“, sagte Pasqualina. „Komm, wir gehen auch zu Bett.“

Im folgenden Frühling wurde Martha krank. Von einem Augenblick zum anderen bekam sie hohes Fieber. Pasqualina holte sofort den Doktor aus Sollacaro, obwohl sie schon wußte, was geschehen war. Martha litt an Malaria. Vermutlich hatte sie die Krankheit schon eine Zeitlang in sich gehabt. Sumpffieber kam auf Korsika oft vor. Pasqualina hatte es als Kind gehabt und François auch. Ihr junger, kräftiger Körper hatte darüber gesiegt. Aber der Doktor aus Sollacaro schüttelte den Kopf, nachdem er Martha untersucht hatte.

Pasqualina gegenüber übte er keine Zurückhaltung. „Ich habe ihr Medizin gegeben, Pasqualina. Aber ich muß dir sagen, daß ich wenig Hoffnung für sie habe. Martha ist nach dem Tod deines Vaters so abgemagert, so erschöpft. Sie hat keinen Lebenswillen mehr. Und dann kann das Sumpffieber fatal sein."

„Ich weiß es", sagte Pasqualina.

In dieser Nacht lauschte sie den Geräuschen aus der Macchia. Sie hörte auch Maman, die bisweilen im Fieber phantasierte. Sie stand Todesängste aus, sie könnte Stimmen im Maquis vernehmen oder eine Trommel – so wie damals.

Noch nie hatte sich Pasqualina so einsam gefühlt mit ihren Sorgen.

Drei Tage später starb Martha Fabiani. Carlo kam zur Beerdigung aus Toulon herüber. Wieder war es Pasqualina, die alles regeln mußte, die in den Granitstein den Namen unter den von Jean Baptiste meißeln ließ:

MARTHA FABIANI
née BOUVIER
1865–1908

Am Abend vor Carlos Abreise saßen sie zu dritt um den Tisch, Pasqualina, Carlo und François.

„Du mußt mir versprechen, daß du an nichts anderes denkst als daran, deine Ausbildung abzuschließen, Carlo! Das war Mamans letzter Wunsch."

„Aber ich kann dich hier doch nicht allein lassen!"

„Das muß sein. Wirklich, ich kann mir schon helfen. François bleibt auf dem Hof. Ich kann hier nicht mit ihm allein wohnen, ich ziehe zu der Doktorsfamilie in Sollacaro. Ich bekomme da ein eigenes Zimmer. René Luciani wird hier bei François leben. So ist es wirklich am besten."

Carlo reiste ab. Pasqualina packte ihren Besitz zusammen, um nach Sallocaro zu ziehen. Im untersten Fach der großen Kommode lag das Hemd von Jean Baptiste. Sie nahm es in die Hand.

Madame Carabelli hatte Klagelieder gesungen bei Marthas Begräbnis, sie hatte Marthas gute Eigenschaften als liebende Ehefrau, als Mutter, als Hausfrau erwähnt. Aber das Wort Rache war diesmal nicht gefallen. Martha war ja eines natürlichen Todes gestorben. Niemand hatte sie ermordet.

Trotzdem stieg Pasqualina das Blut ins Gesicht, als sie das Bündelchen in der Hand hielt. Pierre Mariani! Er hatte schuld. Er allein hatte alles Elend, alle Trauer verursacht! Und warum? Wegen der lächerlichen Idee, daß Papa seine Schwester hätte heiraten müssen! Das gekränkte Ehrgefühl hatte Pierre zum Mörder seines Schulkameraden gemacht, indirekt auch zum Mörder von dessen Frau. Pasqualina hatte beim Begräbnis wohl gesehen, wie Madame Carabelli, die Voceratrice, die bei Papas Beerdigung zur Rache aufgerufen hatte, Carlo anschaute. Hatte er es auch bemerkt? Oder war ihm das entgangen?

Jedenfalls war Carlo nicht geeignet für die Aufgabe, die Madame Carabelli ihm zumutete. Er konnte das nicht. Dafür war er zuwenig Korse. Er konnte nicht einmal ordentlich schießen. Carlo – der ausgerechnet Jura studieren wollte!

Nein, sie würde Carlo das blutbefleckte Hemd seines Vaters nie vor Augen halten. Er war damit überfordert. Pasqualina legte das Bündelchen in den Koffer zu ihren eigenen Kleidern. Sie nahm Jean Baptistes Gewehr von der Wand und stellte es neben ihr Gepäck, das bereitstand.

An ihrem einundzwanzigsten Geburtstag erhielt Pasqualina die Abrechnung von dem Erbe ihrer Eltern zugestellt. Es war nicht viel. Außer dem Geld von Jean Baptistes Olivengrund, das Martha noch kurz vor ihrem Tod einer Bank in Toulon hatte anweisen lassen, um Carlos Ausbildung davon zu bezahlen, war da noch der Grundbesitz in der Macchia mit dem Haus, dem Vieh und der Schafherde. Der Betrag war nach Abzug aller Kosten gering. Pasqualina brauchte nicht viel. Ihr Lohn reichte für den Lebensunterhalt. Sie sah regelmäßig nach dem Bauernhof, um sich mit François abzusprechen, was getan werden mußte. Der Ertrag des Hofes war rückläufig. François hatte schon mehrfach versucht, Pasqualina zu überreden, seine Frau zu werden.

Sie war einer direkten Antwort immer ausgewichen. François war ein vertrauenswürdiger Kamerad, in gewissem

Sinn ein verläßlicher Freund. Aber Pasqualina hatte vorläufig noch nicht vor zu heiraten. Es gab auch in Sollacaro genug Jungen, die versuchten, Eindruck auf sie zu machen. Obwohl sie mit jedem auf gutem Fuß stand, wußte sie immer Abstand zu halten. Sie war noch nie einem Mann begegnet, mit dem sie ihr Leben teilen wollte, wie Papa und Maman es getan hatten. Pasqualina war für eine korsische Frau sehr selbständig. Sie war gewohnt, ihre Angelegenheiten selbst zu erledigen, ihr Leben in die eigene Hand zu nehmen. Ihr fehlte jede Untertänigkeit. Das war den korsischen Männern nicht angenehm. Eine Frau sollte ihrem Mann untertan sein, sollte ihrem Mann in allem zeigen, daß er der Wichtigste war, daß sie zu ihm aufsah. Im Haus durfte sie das Sagen haben, in der Familie, bei den Kindern. Nach außen hin mußte er glänzen. Daß Pasqualina „gelernt" hatte, daß sie Dinge wußte, von denen die jungen Männer in Sollacaro noch nie etwas gehört hatten, daß sie durch den Tod ihrer Eltern schon viel zu früh hatte selbständig auftreten müssen, war ihnen ein Dorn im Auge. Aber dagegen stand, daß Pasqualina Fabiani eine besonders hübsche junge Frau war und daß sie wußte, was arbeiten heißt. Das ist eine Eigenschaft, die alle Korsen an einer Frau zu schätzen wissen.

Pasqualina machte François Peretti den Vorschlag, den ganzen Betrieb von ihr zu übernehmen. „Du bist dann dein eigener Herr, François, das scheint mir auch für dich viel angenehmer."

Er sah sie betrübt an. „Wenn du mich heiratest, Pasqualina, dann gehört es doch uns beiden, uns und Carlo natürlich. Warum bleibst du bloß in Sollacaro, obwohl du weißt, daß hier dein Zuhause ist!"

Sie suchte nach Worten, seinen Antrag abzulehnen, ohne ihn zu beleidigen. „Es ist alles noch nicht lange her, François. Papas und Mamans Tod, alles Elend, das über uns gekommen ist. Ich will noch nicht heiraten. Außerdem kann ich meine Arbeit nicht missen. Ich will meinen Beruf nicht aufgeben."

Sie traf die Absprache mit François, daß er ihr jedes Jahr einen gewissen Teil des Ertrags vom Hof als Abzahlung zu überlassen hatte. Pasqualina reiste nach Ajaccio, um die Abtretung amtlich zu regeln.

Zwei Jahre gingen vorüber. Von Carlo erhielt sie gute Nachrichten. Er stand kurz vor dem Schlußexamen und war der Beste seiner Klasse.

Sie freute sich auf die Sommerferien. Carlo kam heim. Er konnte im Hause des Doktors logieren. Während Pasqualinas Schulferien würden sie Zeit für lange Wanderungen in den Bergen haben, Zeit, um Ajaccio und Corte zu besuchen. Sie konnten Bootsfahrten zu den Grotten von Bonifacio unternehmen. Danach würde Carlo wieder aufs Festland zurückkehren. Er hatte dort Wurzeln geschlagen und würde Jura studieren. Marthas Wunsch war in Erfüllung gegangen: Carlo wollte nicht mehr auf die Insel zurück. Wie gut hatte Martha, die kleine Französin, die Gefahren Korsikas erkannt, und wie geschickt hatte sie ihren Sohn davor zu bewahren gewußt, den Männern der Familie Mariani zu begegnen! Sie hatte es nur nicht mit vielen Worten gesagt, auch dazu war sie zu klug gewesen.

Es gab Augenblicke, in denen Pasqualina fühlte, wie in ihr der alte Haß aufloderte. Dann glitt ihre Hand über das Gewehr von Jean Baptiste, das jetzt in ihrem Zimmer an der Wand hing, und sie verspürte Lust, es zu nehmen und hinauszugehen, um die alte Angelegenheit auf die Weise zu regeln, wie die Männer auf Korsika schon jahrhundertelang ihre Fehden ausgetragen hatten. Meistens war sie in einer solchen Stimmung, wenn sie auf dem Hof gewesen war und am Bach das Grab ihrer Eltern besucht hatte. Manchmal auch, wenn der Mistral über das Land heulte, der gereizt und unruhig macht.

Mariani war die ganze Zeit über im Dickicht der Berge geblieben. Er stand wegen Mordes im Fahndungsregister der Polizei; er würde es sich mindestens zweimal überlegen, bevor er sich am hellichten Tag in den Dörfern zeigte. Aber die Tatsache, daß seine Tochter, die in Sollacaro verheiratet war, inzwischen ein Kind bekommen hatte, ließ Pasqualina manchmal keine Ruhe. Was würde geschehen, wenn der Enkel des Mörders so groß war, daß er zur Schule müßte, wenn er in Pasqualinas Klasse käme, in die Schulklasse, in der die Tochter des Opfers Lehrerin war? Wenn es soweit ist, muß ich aus Sollacaro fort, dachte Pasqualina. Das bringe ich nicht fertig! Wenn es soweit ist, ziehe ich in ein anderes Dorf. Manchmal ruhten ihre Augen auf dem Bild ihrer Mutter. Es war, als ob Martha dann zu ihr spräche: Vielleicht wird Mariani eines Tages verhaftet. Dann kann die Gerechtigkeit ihren Lauf nehmen. Dann brauchst du dich nicht mehr zu quälen, Kind.

Aber Pasqualina wußte es besser, als Martha es je gewußt hatte, daß derjenige, der im Maquis untertaucht, nie gefunden wird.

Seltsam, dachte Pasqualina am Vorabend von Carlos Rückkehr, so sehr ich Papa in allem gleiche: manchmal reagiere ich doch so, wie Maman es getan haben würde, mindestens, was Carlo angeht. Ich hasse die Marianis, aber ich will nicht, daß Carlo die Rechnung begleicht. Merkwürdig, daß ich in meinem Denken so zwiespältig sein kann!

Das Haus des Doktors in Sollacaro stand mitten im Dorf. Deshalb konnte Pasqualina keinen Schritt unbeobachtet tun. Immer, wenn sie die Straße betrat, sprach jemand sie an oder grüßte sie wenigstens. Denn die Leute mochten sie, die Tochter von Jean Baptiste, die so sehr ihrem Vater glich. Das war für sie, die uneingeschränkte Freiheit auf dem Bauernhof gewöhnt war, eine ungewohnte Erfahrung. Es störte sie jedoch nicht. Dadurch fühlte sie sich weniger einsam.

Es lag auf der Hand, daß alle aufmerksam wurden, als Carlo nach Hause kam. Sie sprachen ihn auf der Straße an, fragten nach seinem Leben im fernen Toulon, nach seinen Zukunftsplänen.

Carlo war nicht schüchtern. Er redete mit allen, fragte nach ihren Kindern, ihren Geschäften, ihrem Vieh. Aber bei den vielen Gesprächen, die er in den ersten Ferientagen mit den Leuten führte, fiel ihm auf, daß alle dachten, er wäre nicht nur zu seinem Vergnügen gekommen. Er fragte Pasqualina danach. „Hier im Dorf denkt man anscheinend, daß wir Besitz haben“, sagte er lachend. „Wie kommt man darauf?“

„Wie meinst du das?“ fragte Pasqualina. „Es ist doch allen bekannt, daß ich den Bauernhof François Peretti übergeben habe. Daraus habe ich nie ein Geheimnis gemacht.“

„Sie scheinen aber zu denken, daß ich hierher gekommen bin, um *Geschäfte* zu besorgen. Um was die sich nicht alles kümmern!“

Pasqualina erschrak. Sie sah ihren Bruder unruhig an, aber er schien nichts zu ahnen. „Die Leute kümmern sich hier viel zu sehr um einander“, antwortete sie. „Ich an deiner Stelle würde mich nicht aushorchen lassen.“

War es Zufall, daß die Leute Carlo nach der sonntäglichen Messe so merkwürdig anstarrten? Daß eine Frau mitten auf dem Dorfplatz plötzlich den Voceru aus Niolo zu singen anfing?

„Pé far la to vendetta, Sta sigur' vasta anche ella!“

Merkte Carlo nun wirklich nichts, oder tat er nur so? Nach dem Abendessen klopfte es an der Tür. Voll Furcht öffnete Pasqualina. Draußen stand Madame Carabelli, die alte Voceratrice. Sie wollte hören, wie es Carlo ging.

Sie war die erste, die ihn geradeheraus fragte, ob er gekommen sei, um die Rechnung mit den Marianis zu begleichen. Pasqualina hatte angstvoll eine solche Situation kommen sehen. Merkwürdigerweise fühlte sie sich, nachdem diese Frage gestellt worden war, geradezu erleichtert. Die vielsagenden Blicke der Dorfbewohner, das Flüstern hinter ihrem Rücken, wenn sie mit Carlo vorbeikam, die drängenden Bemerkungen, schreckten mehr, als wenn jemand die gefährliche Frage ohne Umschweife stellte. Gespannt wartete sie auf Carlos Antwort.

Er blieb dabei ganz ruhig. „Nein, Madame Carabelli. Ich glaube nicht, daß man das so in Ordnung bringen kann. Die Zeiten der Vendetta sind vorbei. Auf diese Weise kommt man nicht zu seinem Recht. Die Anklage wegen Mordes lastet immer noch auf Pierre Mariani. Pierre steht im Fahndungsregister. Irgendwann werden ihn die Gendarmen aufspüren. Dann kann die Gerechtigkeit ihren Lauf nehmen. Ich glaube an die Rechtsprechung. Auf dem Festland denkt keiner daran, das Recht selbst in die Hand zu nehmen. Außerdem würde das jetzt, wo sich Mariani verborgen hält, auch nicht so einfach sein. Wenn ihn die Polizei nicht findet, wie soll ich das denn schaffen?"

Man konnte es Madame Carabelli ansehen, daß ihr die Antwort nicht paßte. „Auf Korsika haben wir das Recht auf dem Papier nicht nötig, Carlo Fabiani! In dem blutbefleckten Hemd sind zwei Löcher. Für jedes Loch ein Loch in einem andern Hemd – so ehrt der Sohn seinen ermordeten Vater. Und wenn sich Pierre Mariani versteckt hält, kann man ihn in seinen Söhnen treffen. Was wissen die Richter vom Festland von unseren Bräuchen? Wir sind Korsen, wir sorgen selbst für unser Recht."

Carlo ließ sich nicht aus der Fassung bringen. „Die übertragene Vendetta ist ein großes Unrecht, Madame Carabelli! Der Sohn ist schuldlos an dem, was der Vater verbrochen hat. Wenn der Sohn dafür getroffen wird, ist es für seine Familie wieder ein Grund, sich zu rächen. So nimmt die Vendetta nie ein Ende, Madame Carabelli, niemals! Sie wird andauern bis in Ewigkeit. Es kann doch nicht gut sein, daß so ganz Korsika zugrundegeht, weil einmal irgendwo vielleicht vor langer, langer Zeit ein Mann einem andern Unrecht getan hat. Wir leben jetzt im zwanzigsten Jahrhundert. Die Vendetta ist nicht mehr zeitgemäß."

Die alte Frau erhob sich. Sie schlug ihr Umschlagtuch um den Kopf. Nur die spitze Nase und das eckige Kinn waren noch zu sehen. Zwei schwarze Augen brannten fanatisch unter ihrem Kopftuch. „Was die Pflicht unserer Väter war, ist auch unsere Pflicht", murmelte die alte Frau mit ihrer eindringlichen Stimme. „Wie kann Jean Baptistes Seele Ruhe finden, wenn sein Tod noch nicht gerächt ist?"

Carlo zögerte mit der Antwort. Dann sagte er: „Ich hoffe, daß Mariani gefunden wird und daß er seiner Strafe nicht entgeht. Er lebt jetzt schon jahrelang wie ein wildes Tier in der Macchia, immer auf der Flucht, immer im Versteck. Aber einmal finden sie ihn! Dann spricht die Gerechtigkeit."

Die Frau stand schon an der Tür. Sie nickte Pasqualina zu. Aber bevor sie die Tür hinter sich schloß, äußerte sie, was sie von Carlos Worten hielt. „Marthas Einfluß läßt dich so sprechen, Sohn des Jean Baptiste! Die Frau vom Festland hat die Schuld, daß Jean Baptistes Sohn kein echter Korse ist. Es ist nicht gut, seine Pflicht zu versäumen."

Sie zog die Tür hinter sich zu. Pasqualina wartete, bis sie ihre Schritte nicht mehr hören konnte, dann schenkte sie Kaffee ein und schob ihrem Bruder eine Tasse hin. Obwohl Carlo an diesem Abend kein Wort dazu sagte, merkte Pasqualina, daß ihn Madame Carabellis Besuch aus dem

Gleichgewicht gebracht hatte. Er sprach weniger als an anderen Abenden.

In den folgenden Tagen wurde Carlo noch stiller. Er erzählte nicht mehr soviel von seinen Freunden in Toulon. Von einem Besuch auf dem Hof und am Grab seiner Eltern heimgekehrt, schwieg er sogar den ganzen Abend. Auf Pasqualinas krampfhafte Versuche, ein Gespräch in Gang zu bringen, ging er nicht ein. Schließlich gab sie es auf. Es war ja auch verständlich, daß ihn die Vergangenheit bewegte, nachdem er den Hof wiedergesehen hatte.

Auf der halbdunklen Straße glitt ein Schatten vorbei. Jemand hielt kurz vor Pasqualinas Fenster inne. Nicht lange. Die Schritte entfernten sich und verschwanden um die Straßenecke.

„Pasqualina, wer war das?“ Carlos Stimme klang erregt.

„Keine Ahnung. Warum?“

„Es ist ein junger Kerl, dem ich schon öfter begegnet bin. Er starrt mich immer so auffällig an. Wenn er sieht, daß ich das merke, lacht er so seltsam.“

Pasqualina lief es kalt über den Rücken. „Wie sieht er denn aus?“

„Ganz normal. Ungefähr zwanzig Jahre alt, ein junger Hirte. Ich kenne ihn nicht.“

„Du kennst so wenige Leute aus Sollacaro“, sagte sie bewußt leichthin. „Aber jeder weiß natürlich, wer du bist. Sie sind einfach neugierig.“

Am folgenden Morgen zeigte ihr Carlo den Jungen, als er am Haus vorbeiging. „Der da, Pasqualina. Kennst du ihn?“

Pasqualina schob vorsichtig die Gardine zur Seite. Der

junge Hirte stand auf der gegenüberliegenden Straßenseite und guckte genau auf das Haus des Doktors. Sie erkannte ihn sofort.

„Das ist Marianis jüngster Sohn, Carlo. Er wohnt in Sartène, besucht aber oft seine verheiratete Schwester in Sollacaro. Die Marianis versuchen dich herauszufordern. Wenn du nicht darauf eingehst, macht ihnen das bald keinen Spaß mehr." Obwohl ihre Stimme unbeteiligt klang, kochte Pasqualina vor Wut. Wie konnten sie es wagen! Was ging in ihnen vor, daß diese verfluchten Marianis sich hier, in ihrem Gebiet, so herausfordernd benahmen?

Carlos Augen vergrößerten sich vor Erstaunen. „Ich kenne ihn nicht einmal", meinte er überrascht. „Wozu sollten sie mich herausfordern?"

Pasqualina antwortete nicht darauf. Sie staunte immer wieder darüber, daß Carlo Korsika so entfremdet war. Er begriff nicht, was jetzt gespielt wurde. Das war sicher auch am besten so. Besser, daß er es nicht verstand, als daß er wie jeder echte Korse reagierte, wie sie selbst innerlich reagierte. Sie hatte Maman versprochen, dafür zu sorgen, daß Carlo seine Ausbildung abschließen würde, er durfte keine Schwierigkeiten bekommen. Das würde kein Problem sein, wenn sie sich nur beherrschte. In ein paar Wochen war er wieder auf dem Festland. Wenn die Marianis nicht mit ihrem herausfordernden Benehmen aufhörten, würde sie, Pasqualina, die Sache in die Hand nehmen, sobald Carlo abgereist war.

Obwohl das Leben ganz und gar normal verlief, stieg die Spannung für Pasqualina mit jedem Tag. Sie achtete auf alles, keine Kleinigkeit entging ihr. Sie bemerkte, daß die Leute viel klatschten, daß, wenn sie an ein paar Frauen auf der Straße vorbeikam, das Gespräch plötzlich abgebrochen wurde, daß hinter ihrem Rücken geflüstert wurde. Sie sprach nicht darüber, aber die Spannung begleitete sie bis in den Schlaf.

Sie träumte unruhig, wurde oft wach und lag dann lange Zeit schlaflos. Manchmal wurde sie von den scheußlichsten Alpträumen heimgesucht.

Wir müssen fort, dachte sie, nachdem sie die halbe Nacht wach gelegen hatte. Carlo bleibt noch vierzehn Tage hier. Wir müssen verreisen, wir müssen fort aus dem Taravotal, wo die Bedrohung täglich zunimmt, wo die Leute immer auffälliger durchblicken lassen, daß sie von Carlo erwarten, er möge endlich etwas unternehmen. Daß sie nicht begreifen, warum Carlo nichts tut!

Zu Pasqualinas Freude ging Carlo rasch auf ihren Vorschlag ein, für eine Woche nach Corte zu fahren, zu einem Onkel, den sie seit Papas Tod nicht mehr gesehen hatten. Pasqualina regelte mit einem Händler aus Sollacaro, daß sie am folgenden Tag mit Carlo auf seinem Wagen nach Ajaccio reisen konnte, wo sie den Zug nach Corte nehmen würden. Sie packte recht zufrieden ihren Koffer, als die Tür aufgerissen wurde und Carlo hereinkam. Er sah aufgeregt aus. Seine Augen funkelten zornig.

„Er hat mich angesprochen, dieser Mariani! Er hat es gewagt, mich herauszufordern!"

Pasqualina legte das Kleid, das sie gerade gefaltet hatte, langsam in den Koffer. Sie versuchte verzweifelt, ruhig zu bleiben, nicht wütend herauszuplatzen. „Erzähl!"

„Beim Bäcker standen einige Frauen. Sie schwiegen plötzlich, als ich hereinkam. Das ist mir schon öfter passiert. Sie sahen mich alle so merkwürdig an. Und als ich mit meinem Brot herauskam, stand Mariani vor der Tür. Er hatte die Hände in den Hosentaschen, eine Zigarette im Mund. Er sah mich verflucht unverschämt an und sagte: ‚Madame Carabelli sagt, daß der Sohn von Jean Baptiste Fabiani kein Korse ist.' Ich bin an ihm vorbeigegangen – ich hielt es nicht für nötig zu antworten. Aber als ich schon fast am Ende der Straße war, rief er mir etwas nach."

Carlos Gesicht war rot angelaufen. Auf seiner Stirn standen Schweißtropfen. „Weißt du, was er rief, Pasqualina? Der Schuft! Er rief: Feigling!"

Pasqualinas Hand zitterte, als sie den Kofferdeckel schloß. Obwohl sie innerlich vor Wut kochte, zuckte sie betont gleichgültig mit den Achseln. „Laß sie platzen, Carlo. Die Marianis sind Pack. Ein paar gewissenlose Mörder, so dumm wie Bohnenstroh. Aber eifersüchtig auf jemanden mit Verstand, wie du einer bist. Jemand, der aufs Festland gehen kann, um Jura zu studieren. Dazu haben die Marianis nicht genug Hirn. Sie kennen kaum das Alphabet. Darum pöbeln sie dich so an und versuchen, dich aus dem Gleichgewicht zu bringen. Behandle sie wie Luft, störe dich nicht dran! Schließlich verreisen wir morgen, dann hast du keinen Ärger mehr mit dem Gesindel. Nimm sie um Himmels willen nicht ernst!"

Er beruhigte sich, sah ein, daß seine Schwester recht hatte. Er wußte allerdings nicht, daß Pasqualina dabei war, ihre Selbstbeherrschung zu verlieren, daß ihr vor gräßlichen Kopfschmerzen fast der Schädel barst und daß sie am liebsten das Gewehr von der Wand gerissen und Mariani erschossen hätte.

„Du hast recht", sagte Carlo. „Ich bin wohl verrückt, mich über diesen Idioten aufzuregen!"

Die Sonne stand schon hoch am Himmel, als Pasqualina Fabiani vom Schulhaus kam, wo sie noch ein bißchen aufgeräumt und einiges erledigt hatte, und in das Haus des Doktors zurückkehrte. Ihre Koffer waren für die Reise gepackt. Mit dem Weinhändler hatte sie abgesprochen, daß er sie und Carlo um elf Uhr für die Reise nach Ajaccio abholen sollte. Es versprach ein warmer Tag zu werden, und Pasqualina freute sich auf die Reise. Sie kam selten aus Sollacaro heraus. Eigentlich liebte sie das Abenteuer; das Leben in der engbegrenzten Dorfgemeinschaft war ihr oft doch zu eintönig.

Blökende Schafe liefen vor ihr her. Der Duft der Eukalyptusbäume, die den Weg säumten, hing aromatisch in der Luft. In der Ferne schimmerten blau die Berge, und die Macchia lockte. Es würde eine schöne Fahrt von Sollacaro nach Ajaccio, sie würde sie genießen, um so mehr, als sie jetzt von der Anspannung befreit wurde. Eine Woche in Corte hatte sie mit Carlo ausgemacht. Dann noch eine Woche für einen Ausflug nach Bonifacio. Danach würde sie Carlo sofort zum Boot nach Frankreich bringen. Das Unternehmen würde zwar eine Bresche in ihr Spargeld schlagen, aber das war es ihr wert.

Nachdenklich überquerte sie auf dem Weg zum Doktorhaus die Straße. Um diese Tageszeit war es still im Dorf. Es war niemand auf der Straße. Pasqualina stieß die spaltbreit geöffnete Tür auf, ging durch den schmalen Flur und öffnete die Tür zu ihrem Zimmer. Zu ihrer Verwunderung war Carlo nirgendwo zu sehen. Sie hatte ihm doch gesagt, daß er nicht mehr fortgehen dürfe, daß er reisefertig sein müsse, wenn der Weinhändler käme.

„Carlo!" rief sie, bekam aber keine Antwort. Hinten im Haus war die Doktorsfrau bei der Arbeit. Sie kam auf Pasqualinas Rufen hin zum Vorschein. „Haben Sie Carlo fortgehen sehen?" fragte Pasqualina. „Ich sehe ihn nirgends."

„Nein", sagte die Frau. „Es war aber ein kleiner Junge hier mit einem Briefchen für ihn. Ich habe ihn hineingelassen."

„Ein Briefchen? Von wem?"

„Ich weiß nicht, ich kannte den Jungen nicht. Carlo wird wohl gleich wieder zurück sein."

Mit klopfendem Herzen ging Pasqualina zurück in ihr Zimmer. Der Hitze wegen waren die Läden halb geschlossen. In dem Raum herrschte Dämmerlicht. Pasqualina verspürte ganz stark ein Unbehagen, während sie den Blick durchs Zimmer gleiten ließ. Was war anders als sonst? Was war so merkwürdig? Ihre Augen blieben auf der gegenüberliegenden Wand hängen. Ihre Hände wurden eiskalt, und ihr brach der kalte Schweiß aus. Das Gewehr von Jean Baptiste, das seit ihrem Einzug in das Haus des Doktors dort gehangen hatte, war verschwunden! Pasqualina griff sich an die Kehle. Ratlos blickte sie sich um. Dann erst sah sie das Briefchen auf dem Tisch am Fenster liegen. Sie griff danach, hielt es ins Licht. Eine ihr unbekannte Handschrift, hingekritzelte Buchstaben von jemandem, der kaum schreiben konnte, die Worte waren jedoch allzu deutlich:

An den Sohn von Jean Baptiste Fabiani, stand dort, und darunter: *Wenn du etwas Ehrgefühl im Leib hast, so triff mich heute morgen um elf Uhr bei der Ruine und versuch, den Tod deines Vaters zu rächen.* Die Unterschrift lautete: *Joseph, der Sohn von Pierre Mariani.*

Einen Augenblick lang zitterten Pasqualina die Knie. Dann handelte sie. Sie schaute auf die Uhr. Zehn Minuten vor elf! Sie warf die Tür hinter sich zu, rannte die staubige Straße hinauf. Die Schloßruine – das war noch eine lange Strecke. Wann war Carlo wohl losgegangen? Konnte sie ihn noch einholen? Sie rannte weiter, schwitzte in der warmen Morgensonne. Ihre Röcke schwangen um die Beine, ihr Halstuch hakte sich an einem Zweig fest. Sie konnte nur ein Stück des Weges vor sich überblicken, denn der gewundene Pfad wurde von Bäumen und dichten Sträuchern gesäumt. Ihr Herz klopfte zum Zerspringen, vor ihren Augen tanzten schwarze Kreise, aber sie rannte weiter und hoffte inständig, noch rechtzeitig zu kommen. Was sie tun würde, wenn sie Mariani begegnete, wußte sie nicht, darüber dachte sie auch nicht nach. Sie mußte dort sein, bevor Mariani Carlo ermorden konnte. Sie wußte nur zu genau: es ging hier um Leben und Tod.

Kurz bevor sie die letzte Kurve des Weges erreicht hatte, fiel ein Schuß, ihm folgte sofort ein zweiter. Sie rannte weiter. Die letzte Wegbiegung. Vor ihr lag die Ruine auf einem kleinen freien Platz. Schon von weitem sah sie Carlos Körper am Boden liegen, und sie sah auch Mariani, der hinter einem Baum zum Vorschein kam. Sie rannte weiter, erreichte Carlo vor ihm. Mit einem Blick erkannte sie, daß Carlo tot war. Er hatte noch einen Schuß abgeben können, der jedoch sein Ziel verfehlt hatte. Er war feige aus dem Hinterhalt erschossen worden.

Und da kam der Mörder, um sich von seinem Sieg zu überzeugen!

Pasqualina handelte in einem Zwang. Sie riß das Gewehr aus Carlos schlaffer Hand und legte an. Sie sah Mariani überrascht stehenbleiben, eine erschreckte Bewegung machen. Er hatte nicht erwartet, daß sie zum Vorschein kommen würde, und noch weniger, daß sie das Gewehr aufheben und anlegen würde. Er drehte sich um, wollte auf die Büsche zu rennen, die ihm Deckung bieten konnten.

Pasqualina riß am Abzug. Der Schuß knallte, aber die Kugel streifte nur Marianis Kopf. Er hatte die Sträucher erreicht, bevor der zweite Schuß dröhnte. Außer sich vor Wut schoß Pasqualina das ganze Magazin auf die Büsche ab, in denen er untergetaucht war. Sie meinte, einen Schrei zu hören. Dann nichts mehr.

Jetzt begann sich die Erde um Pasqualina zu drehen. Sie sah nicht mehr, daß Leute herbeiliefen, Männer, die von den Schüssen aufgeschreckt worden waren. Sie sank neben Carlos Körper zusammen.

An die darauffolgenden Wochen konnte Pasqualina sich kaum mehr erinnern. Nur zusammenhanglose Bilder kamen ihr manchmal in den Sinn, Momentaufnahmen, die sie mit Hilfe dessen, was die Leute erzählten, aneinanderreihte.

Carlo war sofort tot, als Mariani aus dem Hinterhalt geschossen hatte. Im Fallen hatte er noch einen Schuß abgegeben, einen sinnlosen Schuß. Die Kugel war irgendwo in einen Baum eingeschlagen. Carlo war nie ein guter Schütze gewesen. Aber Pasqualina konnte gut schießen. Eine der Kugeln, die sie dem flüchtenden Mörder nachgejagt hatte, mußte ihn gestreift haben, denn man fand sein Gewehr im Gebüsch, und es klebte Blut daran. Der Mörder wurde jedoch nicht gefunden – er hatte entkommen können.

Pasqualina wurde krank. Wochenlang umgab sie die Doktorsfrau mit größter Sorgfalt, bis sie langsam wieder in die Wirklichkeit zurückfand, aber sie war ein anderer Mensch geworden.

Alle versuchten, ihr zu helfen, sie zu trösten.

„Er ist wie ein Mann gefallen, Pasqualina", sagte die Doktorsfrau. „Er hat deines Vaters Ehre rächen wollen."

„Carlo hielt nichts von der Vendetta", antwortete sie bitter. „Er wollte Recht studieren – er wollte keine Vendetta. Warum hat er nachgegeben? Warum hat er sich von diesem Schuft herausfordern lassen?"

„Es war die Rimbeccu, Pasqualina! Kein Mann kann sich ihr entziehen, das mußt du doch begreifen!"

Ja, Pasqualina begriff es. Sie verstand es besser, als sie es die Außenstehenden merken lassen wollte. Sie fühlte sich Korsika mehr verbunden, als Carlo es je gewesen war.

„Wie ist das möglich", machte sie sich selbst Vorwürfe, „wie ist es möglich, daß ich ihn nicht niedergeschossen habe! Ich habe noch nie danebengeschossen, seit mir mein Vater das Schießen beigebracht hat."

„Du hast ihn getroffen, Pasqualina, das hast du doch gehört. An seinem Gewehr klebte Blut. Du mußt ihn getroffen haben. Aber er ist noch entkommen."

Joseph Mariani, der Sohn von Pierre, war im Maquis untergetaucht. Jetzt stand auch er im Fahndungsregister der Gendarmen, angeklagt wegen Mordes. Pasqualina gab sich damit nicht zufrieden.

Sobald sie wieder auf den Beinen war, besuchte sie François Peretti auf dem Bauernhof. „François", sagte sie, sein neuerliches Drängen nicht beachtend, „wenn du etwas für mich tun willst, wenn du mich wirklich magst, dann versuch herauszukriegen, wo die Marianis stecken."

„Und dann, Pasqualina?"

„Ich bin meines Vaters Tochter, François. Ich schieße sie nieder. Wenn ich das nächste Mal auf sie ziele, werde ich sie nicht verfehlen!"

„Und dann, Pasqualina? Was dann?"

Sie lachte bitter. „Das ist doch klar! Wenn ich es schaffe, die Marianis zu töten, stehe ich auch im Fahndungsregister. Dann werde ich mich auch in der Macchia durchschlagen müssen."

Er sah sie erschreckt an. „Du weißt, was das bedeutet, Pasqualina. Das hält keine Frau aus. Das ist für einen Mann schon schwer genug."

„Das kann mir ganz egal sein", antwortete sie müde. „Ich

habe ja nichts mehr, François. Mein ganzes Leben ist zerstört. Papa, Maman, Carlo. Jetzt ist mir alles egal!"

„Du kannst immer hierher kommen, Pasqualina. Du weißt, wie gern ich das hätte. Komm zurück auf den Hof. Heirate mich! Vielleicht erwischen wir die Marianis noch einmal."

Sie schüttelte den Kopf, stand auf, um zu gehen. „Nachts kommen regelmäßig befreundete Bandits d'Honneur. Frag sie, wo die Marianis stecken. Vielleicht weiß es jemand. Laß dann von dir hören!"

Sie stieg auf ihren Esel, ritt fort, ohne sich umzusehen. Er blickte ihr nach, bis sie im Gebüsch verschwunden war.

„Arme Pasqualina", sagte er an diesem Abend zu René Luciani. „Sie ist eine feine Frau, aber sie hat einen Charakter wie ein Mann. Sie hätte der Junge sein müssen und Carlo das Mädchen. Ich kann sie gut verstehen, aber was soll aus ihr werden, wenn sie demnächst im Maquis verschwinden muß? Das ist kein Leben für eine Frau."

„Man kann dem Schicksal nicht entkommen, François! Die Fehde zwischen den Fabianis und den Marianis ist nicht mehr aufzuhalten, nie mehr. Das wird immer so weitergehen, immer. Das hört nie mehr auf."

Pasqualina war einsam geworden. Jetzt, wo sie keine Familie mehr hatte und sich ganz in sich verschloß, verbrachte sie die langen Abende allein, und die Zeit verging nur langsam. In ihrer Arbeit fand sie zu sich selbst zurück. Sobald die Ferien zu Ende waren, stand sie wieder vor der Klasse. Nur mit den Kindern, die vollkommen arglos waren, die nicht hinter ihrem Rücken flüsterten, ihr nicht auffällig nachblickten, keine Andeutungen machten, nur mit den Kindern konnte sie unbefangen sprechen. Sie lebte nur noch für ihre Arbeit, für das Zusammensein mit den Kindern, und fand Genugtuung darin.

Abends, wenn die Läden vor den Fenstern lagen, die Tür geschlossen war und sie sich für die Nacht bereit machte, kamen ihr die Erinnerungen. Manchmal redete sie laut, als würde sie ein Gespräch mit ihren verstorbenen Eltern und ihrem toten Bruder führen. Dann wurde sie auf die seltsamste Weise hin- und hergerissen zwischen Rachsucht und einem Gefühl für Gerechtigkeit, von Jähzorn und Verständnis.

Sie schonte sich nicht, wenn sie versuchte, ihre Gefühle einzuordnen und zu beurteilen, was gut und was falsch war an ihrer Denkweise.

Eines Abends, sie hatte am Nachmittag gänzlich unerwartet Marianis Tochter auf der Straße getroffen, stand sie vom Tisch auf, schob den leeren Suppenteller von sich und nahm das Gewehr von der Wand. In dem halbdunklen Zimmer legte sie an und zielte auf eine Fliege. „Wenn ich nur wüßte, wo ich euch finde!" flüsterte sie. „Joseph und Pierre, wenn ich es nur wüßte!"

Sie überlegte, daß sie an Marianis Tochter herankonnte. Aber wenn ihr auch die Begegnung mit Marianis Tochter den ganzen Tag verderben konnte: niemals würde sie an dem Mädchen rächen, was deren Vater und Bruder ihr angetan hatten. Aber wenn sie wüßte, wo Joseph und Pierre steckten . . .

Dann gab es wieder Abende, an denen sie das Bild ihrer Mutter in Händen hielt und versuchte, sich in deren Vorstellungen hineinzudenken. „Die Vendetta ist eine sinnlose Sache", hatte Martha immer gesagt. „Die Vendetta ist wie ein Schneeball, der immer weiter rollt und sich vergrößert. Zum Schluß trachten die Menschen einander nach dem Leben und wissen gar nicht mehr, wo die Fehde angefangen hat." Martha hatte recht gehabt. Aber Martha war nicht auf Korsika geboren. Sie hatte nicht den unbändigen Drang, den unbeugsamen Starrsinn, den rasch gekränkten Stolz der Korsen im Blut. Nein, dachte Pasqualina, es hat keinen Sinn, Menschen, die man nicht kennt, die einem nichts getan haben, nach dem Leben zu trachten, weil sie zufällig ein Mitglied einer Familie sind, mit der die eigene Familie in grauer Vorzeit in Fehde lag. Man mußte schon eine persönliche Rachsucht gegen die empfinden, die man treffen wollte.

Ich bin aus persönlichen Gründen voller Rachsucht gegenüber Pierre und Joseph Mariani, stellte sie fest. Wenn ich die Chance bekomme, räche ich mich an ihnen. Marianis Tochter hat damit nichts zu tun.

Eines Abends kurz vor Weihnachten, als der Mistral ums Haus blies und die Läden klappern ließ, klopfte es. Pasqualina öffnete. Madame Carabelli, die alte Voceratrice, stand vor der Tür.

Pasqualina bat sie hinein. Sie mochte die alte Frau nicht, aber der Respekt vor ihr, die die alte Tradition am Leben hielt, siegte.

„Ich will einmal hören, wie es dir geht, Pasqualina", sagte

die Frau und nahm ihr Kopftuch ab. „Und ich bringe dir etwas." Sie legte ein kleines Päckchen auf den Tisch. Pasqualina wußte, was darin war. Sie ergriff es, öffnete die unterste Schublade der großen Kommode und legte es neben das andere Päckchen, das sie nun schon seit Jahren aufbewahrte.

„Vielen Dank, Madame Carabelli."

Es blieb eine ganze Weile still. Pasqualina schenkte der alten Frau Kaffee ein und schob ein Stück Brocciu zu ihr hin. Sie wußte, daß während ihrer Krankheit, als sie nicht imstande gewesen war, Carlos Begräbnis auszurichten, Madame Carabelli alles in die Hand genommen und dafür gesorgt hatte, daß Carlo nach altem Brauch alle Ehren erwiesen wurden. Sie hatte die Voceru gesungen, sie hatte den Namen in den Stein meißeln lassen, dafür mußte man sich erkenntlich zeigen. Jedoch stand Pasqualina noch deutlich vor Augen, wie diese Frau Carlo zur Rache aufgehetzt hatte, sobald er wieder auf Korsika war, wie sie die Unruhe in ihm geweckt hatte.

„In Carlos Hemd war ein Loch, Pasqualina", sagte die alte Frau mit näselnder Stimme. „Heb es für später gut auf. Carlo hat sein Leben gelassen, als er versuchte, die Löcher in Jean Baptistes Hemd zu rächen. Einmal wird auch das Loch in Carlos Hemd gerächt werden."

Pasqualinas Blicke glitten über das Gewehr an der Wand. Einen Augenblick lang glaubte sie, die Frau wolle ihr noch etwas anderes mitteilen, daß sie gekommen war, um die Frage zu beantworten, die sie François gestellt hatte.

„Wo stecken Joseph und Pierre, Madame Carabelli?"

Mit ihren harten, schwarzen Augen sah sie Pasqualina direkt an. „Irgendwo in der Macchia oberhalb von Sartène. Ich habe gehört, daß Josephs linker Arm von deinem Schuß gelähmt ist. Ich bekomme oft Nachrichten aus dem Maquis überbracht. Ich werde versuchen dahinterzukommen, wo genau sie sich aufhalten. Sobald ich es weiß, werde ich es dir sagen. Was wirst du dann tun?"

„Wenn ich sie finde, müssen sie sterben."

Zu Pasqualinas Überraschung versuchte die alte Frau, sie von diesem Gedanken abzubringen. Nachdem sie in aller Ruhe Kaffee getrunken und ein Stück Käse zerkaut hatte, sagte sie: „Das darfst du nicht selbst tun, Pasqualina. Eine Frau kann nicht im Maquis leben. Du mußt warten."

„Warten, Madame Carabelli? Worauf?"

„Du wirst einmal heiraten, Pasqualina. Du wirst Söhne bekommen. Bewahre Carlos Hemd für deine Söhne auf, bis sie alt genug sind, diese Pflicht zu erfüllen. Als Frau kannst du die Vendetta am Leben erhalten, du kannst sie aber nicht selbst austragen."

Als Madame Carabelli gegangen war, lag Pasqualina stundenlang wach und starrte ins Dunkel. Sie hatte versprochen, die Marianis aufzuspüren. Was fand Pasqualina so abstoßend an ihr?

Tagelang beschäftigte Pasqualina das Gespräch mit Madame Carabelli. Selbst während ihrer Arbeit im Unterricht mußte sie in den seltsamsten Augenblicken daran denken. Sie sah die Kinder in den Bänken, die Jungen und Mädchen aus Sollacaro und Umgebung. Sie sah sie auf dem Schulhof Arm in Arm spielen. Und sie sah sie so vor sich, wie sie einmal aussehen würden, wenn sie über zwanzig oder fünfundzwanzig Jahre alt sein würden. Würden sie dann noch einander den Arm um die Schulter legen, Jacques und René; Rogier und Pasquale, oder würden sie sich gegenseitig erschießen, weil ihre Onkel, ihre Großeltern vielleicht vor ihrer Geburt einen Streit auf Leben und Tod angefangen hatten? In der Stille ihres Zimmers versuchte Pasqualina den Gedanken zu Ende zu denken. Und plötzlich begriff sie, was Madame Carabelli getan hatte, was der Grund war, warum sie, Pasqualina, einen solch unbestimmbaren Abscheu vor der alten Frau hatte: Madame Carabelli, die alte Voceratrice, hatte Pasqualinas noch ungeborenen Kindern eine Pflicht aufgeladen, die zur Selbstvernichtung führte!

Ihr wurde das volle Ausmaß der Vernichtung durch die Vendetta klar. Sie nahm Marthas Foto in die Hand und betrachtete es. In der Erinnerung hörte sie Marthas Stimme: „Nicht nach Sartène, du hast es mir versprochen!" Martha war Französin, sie war nicht mit der Vendetta aufgewachsen, sie kannte jedoch die Gefahren, denn sie war mit einem Korsen verheiratet. Martha hatte begriffen, daß in eine Fehde zwischen ihr und den Marianis die ganze Familie verwickelt sein würde, und sie hatte auf ihre Art jahrelang versucht, die Bedrohung abzuwenden. Es war ihr nicht gelungen. Es war, als ob sie die Stimme ihrer Mutter sagen hörte: Es ist jetzt genug, Pasqualina. Laß es gut sein. Du bist so jähzornig wie dein Vater, aber du hast auch etwas von mir geerbt. Verurteile deine Kinder nicht dazu, deine Last zu tragen. Unterbrich die abscheuliche Vendetta!

Drei Tage dauerte Pasqualinas Kampf. Drei Tage stand sie äußerlich unbewegt vor der Klasse und hielt ihren täglichen Unterricht, während in ihrem Kopf immer eine Stimme mahnte: Sieh dir die Kinder an. Sie ahnen noch nichts, aber bald wird ihr Leben vielleicht durch die Vendetta zerstört. Wenn sie tun, was der korsische Ehrenkodex gebietet, ruinieren sie ihr eigenes und anderer Leute Leben, indem sie auf jemanden schießen, den sie wahrscheinlich nicht einmal kennen. Wenn sie mit diesen Verpflichtungen brechen, werden sie von ihren eigenen Landsleuten als Feiglinge abgestempelt, als Ehrlose, so wie Carlo von den Leuten aus Sollacaro beleidigt wurde. Carlo hatte es gewußt: Die Vendetta hatte nichts mit Gerechtigkeit zu tun, nur mit Vernichtung. Es mußte doch möglich sein, dem ein Ende zu machen!

Nach drei Tagen faßte Pasqualina Fabiani einen Entschluß. Es war ein Entschluß, den nur jemand mit einem sehr starken Charakter fassen konnte, und niemand auf Korsika hat sie je verstanden.

Als die Schule zu den Weihnachtsferien geschlossen wurde, packte Pasqualina einen Koffer mit den Habseligkeiten, die ihr wichtig waren. „Ich reise Weihnachten nach Ajaccio", sagte sie der Doktorsfrau. Am Abend vor ihrem Aufbruch loderte ein großes Feuer im Herd. Darin verbrannten zwei Hemden mit Einschußlöchern und Flecken von getrocknetem Blut, ein paar Briefe und Papiere. Auf dem Wagen des Weinhändlers fuhr sie mit nach Ajaccio. Er war der letzte aus Sollacaro, der sie sah.

Nach einem kurzen Besuch beim Anwalt in Ajaccio, wobei sie notariell festlegte, daß die von François Peretti bezahlte Kaufsumme als ausreichend anerkannt wurde und er der rechtmäßige Besitzer von Haus und Hof sei, kaufte sie eine Fahrkarte nach Marseille und ging an Bord.

Pasqualina Fabiani lehnte an der Reling und sah ihr Heimatland im Morgennebel untertauchen. An Steuerbord passierte das Schiff vier kahle Felseninseln, abgeplattete Kegel, einen alten genuesischen Wachtturm, einen Leuchtturm, roten Granit: Iles Sanguinaires. Die blauen Bergketten wurden noch einmal sichtbar. Dann verschwanden auch sie hinter dem Horizont.

Keiner hat Pasqualina Fabiani jemals wieder auf Korsika gesehen.

3. Kapitel
Auf der Suche nach der Vergangenheit

Zwischen Himmel und Wasser, in der frühen Morgensonne kaum zu erkennen, tauchte ein dunkler Fleck auf dem Meer auf. Langsam nahm die Insel Formen an, je mehr sich ihr das Nachtboot aus Marseille näherte.

Paul van der Horst hatte am Abend zuvor seinen Wecker gestellt, um den Augenblick, in dem Korsika in Sicht kommen würde, nicht zu verpassen. In der dünnen Windjacke fröstelnd, stand er an der Reling und blickte gebannt nach der Küste, die ganz langsam näherrückte. Berge mit den seltsamsten Umrissen ragten dunkel in den noch grauen Himmel, wüst, rauh, abweisend. Abschreckende Spalten, bizarre Spitzen, wie Haizähne so scharf, steile Felsklüfte mit tiefen Abgründen: eine unwirkliche Welt.

Das Sonnenlicht gewann rasch an Kraft, der Wind begann, die Nebelfetzen zu vertreiben, Einzelheiten wurden sichtbar. Die niedrigeren Hügel trugen dichten, undurchdringlichen Bewuchs. Nichts deutete auf menschliche Bewohner hin, weder Häuser noch Wege.

So haben die Entdeckungsreisenden früherer Jahrhunderte neue Küsten auftauchen sehen, dachte Paul. Das mußten sie empfunden haben: Neugier, Spannung, Hoffnung und auch ein bißchen Furcht.

Im Wasser spiegelten sich die Umrisse majestätischer Bergketten. Backbord passierte das Schiff vier kahle rote

Felseninselchen, sauber abgeplattete Kegel, die die Einfahrt vom Golf von Ajaccio zu schützen schienen. Ein alter genuesischer Wachtturm, ein Leuchtturm, roter Granit: Iles Sanguinaires.

Auf einmal verspürte Paul den seltsam fremden Duft, den er sofort erkannte, obwohl er ihn noch nie gerochen hatte. Der laue Wind trug ihn vom Land heran: bittersüß, aromatisch, leicht berauschend. Es war, als ob Paul neben sich die Stimme der alten Frau hörte, die damals im Fieber etwas preisgegeben hatte, woran sie sich aus ihrer Jugend erinnerte: „Die Macchia, mon petit! Der Duft der Macchia."

Paul versuchte, nüchtern zu denken, die Aufregung zu unterdrücken, die ihn bei dem seltsamen Duft erfaßt hatte. Jetzt, wo sein Reiseziel vor ihm lag, war er sich ganz sicher, daß er auf dieser Insel etwas erleben würde, etwas Entscheidendes, und gleichzeitig fühlte er sich ein bißchen schuldig, als ob er im Begriff wäre, einen vertraulichen Brief zu öffnen, der nicht an ihn persönlich gerichtet war, obwohl ihn der Inhalt etwas anging. Er wollte seinen widerstreitenden Gedanken nicht nachgeben. Ich bin wohl verrückt, die Luft macht mich betrunken, dachte er.

Das Städtchen wurde sichtbar. Es lag tief zwischen die Berge geduckt. Von weitem sah es blitzsauber und weiß aus, so ganz und gar nicht in die rauhe Umgebung passend. Aber als sie in den Hafen einliefen, erkannte Paul, daß Ajaccio längst nicht so sauber und adrett war, wie es von weitem gewirkt hatte. Hier und da bröckelte der Stuck an den hohen Giebeln. Üppiger Bewuchs war entstanden, wo die alten Festungswerke als Ruinen zusammengefallen waren.

Hinter der Stadt waren die grünen Hügel mit Oliven- und Obstbäumen bewachsen, dahinter erhob sich das Hochgebirge, und ganz in der Ferne, im Nordosten, ragte der Monte d'Oro.

Paul beeilte sich, zurück in seine Kajüte zu kommen, er packte seine Sachen zusammen und stieg hinunter in den Laderaum, wo sein Simca stand. Er kam gerade rechtzeitig. Die fest ineinander verkeilte Menge Hunderter Autos geriet schon in Bewegung. Schnell und wohlüberlegt wurden die Wagen hinausgelotst, zum Kai hinauf, wo Dutzende Leute auf die Ankunft des Schiffs gewartet hatten. Alte Bäuerinnen mit schwarzen Stiefeln und Kopftüchern begrüßten ihre vom Festland zurückgekehrten Familienmitglieder. Händler wirbelten durcheinander. Ein paar Touristen schauten der Ankunft des neuen Stroms von Feriengästen zu.

Paul blieb nicht viel Zeit, auf andere Dinge als auf den Verkehr zu achten. Vorsichtig lenkte er seinen Wagen aus dem dichten Gewühl auf einen ruhigen Boulevard, wo er am Stadtrand einen Parkplatz fand. Sorgfältig verschloß er die Tür und ging zu Fuß zurück zu einem großen, von Palmen und Platanen beschatteten Platz, gesäumt von Cafés, wo trotz der frühen Stunde schon viele Terrassen von kaffeetrinkenden Leuten besetzt waren. Der Duft der Macchia war jetzt mit dem Geruch von Holzfeuern und salziger Meeresluft vermischt.

Paul frühstückte in der warmen Morgensonne auf der Terrasse. Dann suchte er ein einfaches Hotel, ließ dort seinen Simca stehen und ging auf Erkundung aus.

Er schlenderte über den breiten Cours Grandval an

großen Hotels und prächtigen Häusern in mit Blumen und Zierpflanzen reich geschmückten Gärten vorbei zur Place Giraud. Dort erhob sich oben an einer vor dem Felsen angelegten Treppe, die Stufe für Stufe die Siege des Kaisers aufzählte, eine Bronzestatue von Napoleon. Dort stand er, die Hand in die Weste gesteckt, hoch über der Grotte, wo er als Kind gespielt hatte, und blickte über die Stadt hinweg, in der er geboren war. Überall wurde die Erinnerung an den Kaiser mit Denkmälern, Straßennamen, Aufschriften wachgehalten; aber das alles berührte Paul nicht. Vielmehr interessierten ihn die Gesichter auf den Terrassen. Es war, als ob die ganze Stadt aus Cafés bestünde und als ob auf Korsika niemand arbeitete. In den teuren Vierteln bestimmten die Touristen das Stadtbild. Aber in den alten Stadtteilen saßen die korsischen Männer in schwarzen Anzügen um kleine Tischchen und sprachen über Politik. Die Frauen mieden die Cafés, wie Paul bemerkte.

Vom alten Fischerhafen aus wirkte der Golf von Ajaccio wie ein großer, von riesigen Bergen umgebener See. Dort saßen Fischer und flickten ihre Netze. Unter einer hohen Platane kochten sie Pinienrinde in einem großen Kessel, um ihre Netze damit braun zu färben. Fischer, die mit ihren Booten gerade eingelaufen waren, trugen ihren Fang in Körben auf dem Kopf zum Markt. Sie gingen barfuß durch Abfall und Straßenschmutz, ihre Haltung war jedoch stolz und würdevoll. Auch hier waren alle Tische in den Cafés von Menschen mit braunen und von Sonne und Wind gegerbten, scharf gezeichneten Gesichtern besetzt. Die Gespräche drehten sich hier nicht um Politik, sondern um den Fang, um das Wetter, um die täglichen Angelegenheiten.

Paul tat den ganzen Tag über nichts anderes, als herumzugehen und zu schauen. Als er abends todmüde in sein Hotel zurückkehrte und fast unmittelbar darauf zu Bett ging, hatte er von den touristischen Besonderheiten wenig gesehen, aber sobald er die Augen schloß, zogen erneut die Bilder korsischer Männer und Frauen an ihm vorbei. Ihre Gesichter und ihre Haltung waren ihm inzwischen vertraut geworden.

Paul studierte die Karte. Ajaccio und Sartène waren nur knapp neunzig Kilometer voneinander entfernt. Er wußte jedoch, daß er den ganzen Tag für die Fahrt brauchen würde. Also ließ er sich durch die vielen Sehenswürdigkeiten unterwegs nicht ablenken. Nachdem er am Flughafen vorbeigekommen war, führte ein Weg landeinwärts. Die Straße war gut, allerdings reichlich schmal und kurvenreich. Sie führte durch dichten Maquis und dunkles Gebüsch, über Pässe und an Abgründen vorbei. So schlängelte sie sich von Dorf zu Dorf. Nur ab und zu stoppte Paul am Straßenrand zu einer kurzen Pause. Die Ausblicke beeindruckten ihn sehr, aber er nahm sich kaum die Zeit, sie zu genießen.

Erst in Olmeto, am steilen Hang des hohen Butureto, oberhalb eines engen Tales, stellte er den Wagen auf einen Parkplatz und ging in ein Restaurant, um etwas zu essen. Man konnte wieder aufs Meer sehen, hinweg über zahlreiche Olivenbäume, die sich sanft im warmen Wind bewegten. Es war dunkel und kühl in dem Café, wo er seine Mahlzeit bestellte. Er beeilte sich nicht, denn er wußte, daß alle öffentlichen Büros in Sartène während der Siesta geschlossen sein würden.

Paul fuhr am Golf von Valinco entlang, als ihm die merkwürdigen Kapellchen auffielen, die aneinandergereiht an der schmalen Straße standen, die zum Fischerdorf Propriano führte. Dutzende kleiner Gebäude, wie Häuschen am Weg versammelt. Er war so erstaunt darüber, daß er seinen Wagen am Straßenrand parkte und ausstieg. Erst aus der Nähe erkannte er, daß die Kapellen Grabmäler waren mit einer Nische und einer Kniebank; links und rechts war Platz für Steinsärge. Die besonders aufwendig ausgestatteten waren mit einem Gitter aus Schmiedeeisen verschlossen. Oft lagen Blumen auf dem kleinen Altar, manchmal standen halb abgebrannte Kerzen in der Nische. Bei allen stand der Familienname an dem spitzen Giebel.

Eine Totenstadt! Einfach am Weg! Häuser für die Toten, schöner, besser gepflegt als manches Haus für die Lebenden, so normal in das dörfliche Leben aufgenommen, daß die Stadt der Toten und die Häuser des sich anschließenden Fischerdorfs eine Einheit bildeten. Die Mauern waren meistens weiß, aber hier und da auch hellblau getüncht. Paul erinnerte sich jetzt daran, daß er mehr von diesen Häuschen bei den Dörfern gesehen hatte, an denen er an diesem Morgen vorbeigekommen war.

In der heißen Mittagszeit war es in Propriano totenstill. Von Sonnenschirmen geschützt, saßen ein paar Gäste auf den Terrassen. Die Dorfbewohner ließen sich nicht blicken.

Sie hatten in den Häusern hinter herabgelassenen Sonnenblenden Kühle gesucht. Paul fuhr den ganzen Kai entlang, bis der Weg im Dickicht endete. Dort suchte er sich ein schattiges Plätzchen, das eine schöne Aussicht über die Bucht bot, warf seine Luftmatratze auf den Boden und gönnte sich eine Stunde Schlaf.

Die restlichen fünfzig Kilometer nach Sartène legte er ziemlich schnell zurück, da der Weg nicht mehr so sehr gewunden war. Die hohen Häuser aus dunklem Granit mit ihren typischen Schornsteinen schienen geradewegs aus dem Mittelalter zu stammen. Paul parkte seinen Wagen am Rand des Platzes zwischen dem alten und dem neuen Stadtteil und ging zu Fuß die schmalen, gewundenen Sträßchen entlang, um die Stadt anzuschauen. Eine Kirche mit quadratischem Glockenturm, ein neues Postgebäude, ein Kriegerdenkmal und das Rathaus bildeten das Zentrum.

Als es vom Glockenturm vier Uhr schlug, betrat Paul die kühle Halle des Rathauses und fragte nach dem Einwohnermeldeamt. Der alte Mann im fleckigen Anzug, dem er dann gegenüberstand, schien stumm zu sein. Paul brachte eine Fotokopie zum Vorschein und erklärte, warum er gekommen war.

„Ich besitze eine alte Geburtsurkunde von einer gewissen Pasqualina Fabiani, geboren am 15. Dezember 1887 in Sartène“, sagte er langsam und deutlich auf Französisch. „Ich würde gern die Geburts- und Heiratsakte der Eltern dieser Pasqualina Fabiani einsehen. Können Sie mir dazu verhelfen?“

Der Mann auf der anderen Seite des Schalters blickte ihn

unfreundlich an, begann dann die vorgewiesene Fotokopie sorgfältig durchzulesen. Er nahm sich viel Zeit dazu.

„Pasqualina Fabiani", murmelte er, Tochter von Jean Baptiste Fabiani und Martha Bouvier . . ." Fast schroff fragte er: „Warum wollen Sie die Akte sehen?"

Paul hatte diese Frage erwartet. „Ich stamme von Pasqualina Fabiani ab. Ich brauche Angaben für eine Abstammungsuntersuchung."

„Sie sind nicht von Korsika?" Es war eigentlich mehr eine Feststellung als eine Frage.

„Nein, ich komme aus Holland. Ich bin Mitglied der Genealogischen Gesellschaft und arbeite an einer Abstammungsuntersuchung. Ich habe Ihnen vor einigen Monaten geschrieben, aber keine Antwort erhalten."

„So", sagte der Mann kühl. „Das ist gut möglich. Wir geben nicht jedermann Auskunft." Er ließ Paul stehen und verschwand mit der Fotokopie in einem anderen Zimmer.

Paul hörte, wie er mit jemandem redete. Was gesprochen wurde, konnte er nicht verstehen, denn die Männer redeten korsisch und sehr schnell. Es schien ihm, als ob er stundenlang gewartet hätte, als der Beamte endlich mit einem älteren Kollegen zurückkam. Wieder erklärte Paul seinen Wunsch. Er zeigte sogar seinen Paß. „Pasquale van der Horst ist mein Name. Wie Sie sehen, habe ich einen korsischen Vornamen."

Die beiden nickten.

„Ich kann das nicht sofort entscheiden", sagte der älteste Beamte. „Wir müßten die Akte heraussuchen. Können Sie morgen um elf Uhr wiederkommen?"

„Gern“, antwortete Paul. Er hatte das Gefühl, weiterzukommen. „Behalten Sie die Fotokopie nur, ich bekomme sie ja morgen von Ihnen zurück.“

Zwei mißtrauische Korsen starrten ihm nach, als er das Rathaus verließ. Dann stand Paul auf dem sonnenüberfluteten Platz. Er begann Spaß an der Sache zu haben. Morgen um diese Zeit bin ich ein Stück weiter! dachte er optimistisch. Teufel noch mal, die kommen hier um vor Mißtrauen!

In dieser Nacht schlief Paul sehr unruhig. Vielleicht lag es daran, daß der Mond geradewegs durch das offene Fenster schien. Es konnte auch sein, daß ihn die Atmosphäre bedrückte. Es ging etwas Feindliches von den hohen düsteren Häusern aus, von den dunkel gekleideten Männern und Frauen mit den tief zerfurchten Gesichtern.

Er hatte sich nicht wohl gefühlt, als er abends durch die alte Stadt ging. Nach Sonnenuntergang hatte es etwas abgekühlt. Viele Läden wurden aufgestoßen. Hier und da nahm Paul einen Umriß von einem Mann mit einer Pfeife wahr, von einer strickenden Frau. Ein dunkles Loch in der Mauer, von der der Putz abbröckelte, Augen, die im finsteren Gelaß funkelten. Manchmal bewegte sich etwas in einer Nische, wenn er vorbeiging. Ein alter Mann saß schlafend auf der untersten Stufe eines Treppenhauses, das höhlenartig aussah. Niemand erwiderte Pauls Gruß. Er fühlte sich immer unbehaglicher. Als ob da etwas auf der Lauer läge, das ihn jeden Augenblick anspringen könnte.

Paul suchte früh sein Hotelzimmer auf. Er ließ vom

Fenster aus den Blick über die alte Stadt wandern. Die Bergkuppen sahen im sanften Mondlicht wie ein Traumbild aus, aber die Stadt wirkte bedrohlich, düster, unheilverkündend, von hier oben aus dem vierten Stock noch mehr als von den schmalen Sträßchen aus. Hatte er etwas anderes erwartet? Konnte das Zentrum der gnadenlosesten Vendetta etwa anziehend wirken? Aber die Zeiten der Blutrache waren vorbei, das moderne Leben mußte auch bis nach Sartène durchgedrungen sein, das Leben mit Radio, Fernsehen, Autos und Kühlschränken!

Wenn ein Städtchen in dieser Zeit des Wohlstands und des Tourismus so bedrohlich wirkte, wie war es dann wohl am 15. Dezember 1887 gewesen, als Pasqualina Fabiani zur Welt kam? Welche Erinnerungen hatte sie aus ihrem weiteren Leben an dieses düstere Vendettanest?

Paul lag noch lange wach. Das Zimmer mit der niedrigen Decke hielt zuviel von der Tageswärme fest. Er fiel spät in einen unruhigen Schlaf, erwachte aber viele Male in Schweiß gebadet aus bedrückenden Träumen.

Morgen würde er vielleicht weiterkommen, würde er etwas mehr über die Eltern von Pasqualina Fabiani erfahren, den Beruf des Vaters, die Verhältnisse, aus denen sie stammte.

Aber Sartène gab die Vergangenheit nicht so einfach preis! Als Paul genau um elf Uhr wieder vor dem Schalter stand, bereiteten ihm die unfreundlichen Männer eine Enttäuschung.

„Wir haben das betreffende Register gefunden“, sagte der Beamte, der offensichtlich der Chef war. „Aber wir können

Ihnen nicht viel mehr sagen, als Sie schon wissen. Pasqualina Fabiani wurde am 15. Dezember 1887 in Sartène als Kind von Jean Baptiste Fabiani und Martha Bouvier geboren. Die Familie wohnte jedoch nicht in Sartène. In dem Register war wohl vermerkt gewesen, woher das Ehepaar kam. Durch Wasserschäden sind seinerzeit etliche Eintragungen unlesbar geworden, die Tinte ist verlaufen, der Herkunftsort ist nicht mehr erkennbar. Das einzige, das ich noch für Sie entziffern konnte, ist *Taravo.* Vermutlich hat die Familie im Taravotal gewohnt. Ich kann Ihnen nicht sagen, in welchem Dorf."

Paul erhielt die Fotokopie zurück, die er am Tag zuvor dagelassen hatte.

„Wir bedauern, daß wir Ihnen nicht weiter zu Diensten sein können", sagte der Beamte. Er sah nicht aus, als ob er meinte, was er sagte.

„Vielen Dank", sagte Paul rasch. „Guten Morgen!"

Als er den sonnigen Platz überquerte, spürte er neben der Enttäuschung über die vergebliche Reise nach Sartène auch so etwas wie Erleichterung darüber, daß Pasqualina Fabiani nicht in dieser Umgebung zu Hause gewesen war. Nein, sie gehörte nicht in diese trübselige Stadt!

Der Taravo entspringt irgendwo mitten in Korsika am Monte Grosso und schlängelt sich endlos lang durch das Hochgebirge nach Südwesten, bis er in der Gegend von Bicchisano plötzlich breiter wird und westlich von Olmeto in den Golf von Valinco mündet.

Zuerst wollte Paul vor der Vorstellung resignieren, bei

dieser Entfernung von Dorf zu Dorf auf Suche zu gehen. Aber schließlich war er nicht nach Korsika gekommen, um sich durch die erstbeste Enttäuschung abschrecken zu lassen! Im Taravotal hatte sie gewohnt, die Frau, deren Vergangenheit er erkunden wollte. Er konnte ja den Rest seiner Ferien im Taravotal verbringen, um wenigstens etwas über die Umgebung, die Landschaft, die Menschen zu erfahren, die hier wohnten.

Paul stieg durch die Wein- und die Olivengärten wieder nach Propriano ab, wo er sich einfach wohler fühlte. Den ganzen Tag streifte er im Maquis umher. Ich hätte es wissen müssen, dachte er, dies ist keine Insel, auf der alles nach Wunsch geht. Ich werde etwas dafür tun müssen.

Der Weg, der nach Filitosa führte, wurde fast unpassierbar, als er von der regionalen Straße abbog. Große Schlaglöcher, von schweren Regengüssen ausgewaschen, machten das Autofahren zu einem gefährlichen Abenteuer, und man mußte jederzeit mit einem Achsenbruch rechnen. Die Spur wurde so schmal, daß die überhängenden Zweige von Bäumen und Sträuchern gegen die Frontscheibe klatschten.

Paul fuhr Schrittempo. Wenn nur kein Fahrzeug entgegenkam! Es gab keine Ausweichmöglichkeit. Aber er hatte Glück. Plötzlich brach die Straße aus dem grünen Maquis, Staubwolken wirbelten hoch und senkten sich auf etwa sechs Häuschen, den Weiler Filitosa.

Links stand ein kleines Café am Straßenrand. Paul hielt an. Es war um die Mittagszeit. Die Sonne stand senkrecht über ihm, die Hitze setzte ihm zu. Die Tür des Cafés war verschlossen. Paul sah sich um. Nirgendwo eine Menschenseele. Ein kleines Stück zurück stand ein schäbiger Wegweiser mit der kaum lesbaren Aufschrift *Centre préhistorique*.

Paul folgte der angegebenen Richtung. Zwischen Mäuerchen aus aufeinandergehäuften Steinen und jungen Anpflanzungen von Olivenbäumen verlief ein Pfad. Der Boden war mit zertretenen schwarzen Oliven bedeckt. Die Blätter der Bäume bewegten sich sanft im leisen Windhauch. Der Weg endete bei einer Mauer von gewaltigen, aufgestapelten Steinblöcken unter riesigen, uralten Bäumen. Paul ging durch die Mauerlücke und stand plötzlich in einer Ruine, die ein Dorf gewesen sein mußte. Unter den Bäumen war es dämmrig. Hauswände, Heiligtümer, wunderlich geformte Bauten, riesige Überreste der Megalithkultur!

Am merkwürdigsten waren die Standbilder. Um ein zerfallenes Bauwerk in der Mitte des seltsamen Dorfes standen in einem Sonnenfleck mehrere gewaltige Figuren aus Stein. Teilweise verwittert, aber mit noch deutlich erkennbaren menschlichen Gesichtern, scharf hervorstehenden Nasen, einem stark betonten Kinn, tiefliegenden, bedrohlich wirkenden Augen. Mohn und wilde Margeriten wucherten zwischen den Steinen und bildeten einen grellen Kontrast zu dem grauen Granit. Es war, als ob die Figuren bis zu den Hüften in der Mauer versunken wären.

Verwundert näherte Paul sich der Mauer, die das Dorf abschloß. Er sah, daß er am Rande eines steil abfallenden Hügels stand. Von der Mauer aus hatte er eine wunderbare Aussicht auf eine schüsselförmige Wiese am Fuße des

Hügels. Ein steiniger Pfad führte hinunter, überquerte einen seichten Bach und endete schließlich in einem ausgedehnten Tal, in dessen Mitte eine Gruppe uralter Olivenbäume stand. Rund um die knorrigen Stämme gruppierten sich fünf gigantische Steinfiguren. Die hochstehende Sonne warf ihre kurzen, scharfen Schatten auf das Gras. Wie Schildwachen standen sie da, bedrohlich und Ehrfurcht gebietend.

Während er so über die Weide mit den dicken Bäumen und den Standbildern schaute, im Hintergrund die Macchia und die blauen Berge, überkam Paul das Gefühl, das hier anfing, was er suchte: das alte Korsika, von dem er nichts wußte, das ihn jedoch so magisch anzog.

Er stieg den Felspfad hinab. Ein paarmal glitt er aus. Als er die Wiese erreicht hatte, sah er, daß die steinernen Männer Waffen trugen. Während nur der Kopf deutlich herausgehauen war und der Rumpf aus kaum bearbeitetem Stein gebildet wurde, waren deutlich reliefartige Formen von Schwertern und Dolchen zu erkennen. Waren das Abbilder der Bewohner vom alten Dorf auf dem Hügel? Aber warum waren dann keine Frauen dabei?

Außer den fünf Gestalten rund um die alten Bäume gab es auf der Weide nichts weiter zu sehen. Paul kletterte zurück zu dem Geisterdorf. Als er fast oben war, erschreckte ihn das Geräusch, das ein rollender Stein verursachte.

Ein Mann stand auf der Mauer, wo er kurz zuvor selbst gesessen hatte. Es war ein alter Mann von etwa siebzig Jahren. Obwohl es ein solch heißer Tag war, trug er einen braunen Samtanzug zu einem karierten Hemd, das am Hals offenstand. Die Augen in dem verwitterten Gesicht waren hellblau. Wie lange hatte der Mann schon dort oben gestanden? Erst als Paul ihn grüßte, sah er, daß dem Mann ein Finger an der rechten Hand fehlte.

„Bonjour", sagte der Mann. „Gefällt Ihnen die Aussicht?" Es sprach ein gewisser Stolz aus der Art, wie er die Frage stellte.

„Sind Sie vielleicht der Besitzer dieses Areals?" fragte Paul.

„Charles-Antoine Cesari", antwortete der Mann, „Entdecker und Besitzer." Er sprach ein gut verständliches Französisch, aber mit einem singenden Akzent. Die hellen Augen glichen denen eines jungen Mannes, sie blickten freimütig und neugierig.

Nebeneinander gingen sie langsam zurück über die zertretenen schwarzen Oliven, zwischen den Resten des Dorfes durch und weiter auf den Weg zu.

„Gibt es hier vielleicht jemanden, der das Ganze erklären kann?" fragte Paul. „Ich wüßte gern von all diesem etwas mehr."

„Während der heißesten Sommerzeit gibt es nur wenige Besucher. Aber wenn es Sie interessiert, kann ich Sie heute nachmittag nach der Siesta herumführen. Haben Sie hier in der Gegend eine Unterkunft?"

„Nein", antwortete Paul. „Eigentlich suche ich noch eine Bleibe. Ich würde gern eine Zeitlang im Taravotal bleiben, aber nicht in einem Hotel. Wissen Sie vielleicht, wo ich bei Privatleuten ein Zimmer mieten kann? Bei einem Bauern oder Schafhirten?"

Der alte Mann sah ihn nachdenklich an. „Warum?" fragte

er. „Warum sollte ein Fremder die Bequemlichkeit eines modernen Hotels ablehnen?"

„Vielleicht, weil ich kein ganz Fremder bin", antwortete Paul. „Irgendwann in der Vergangenheit haben Vorfahren von mir in diesem Gebiet gewohnt. Ich will es kennenlernen. Nicht von einem Hotel aus, nicht als Tourist. Ich will ein paar Wochen hier in dieser Gegend umherstreifen, durch die Macchia. Ich will den Menschen näherkommen."

Cesari war am Eingangstor zu seinem Gelände stehengeblieben. Mit seinem durchdringenden Blick musterte er Paul von Kopf bis Fuß. „Die Menschen hier sind nicht so leicht zum Sprechen zu bringen, junger Mann." Es klang abweisend. Er fügte jedoch rasch hinzu: „Du kannst mich um vier Uhr hier antreffen. Dann sehen wir weiter. Au revoir!"

Paul schaute ihm nach, als er mit erstaunlich leichtem Schritt in Richtung der Häuser verschwand. Als Paul in sein Auto stieg, um in das nächste Dorf zu fahren, wurde ihm auf einmal klar, daß Cesari ihn geduzt hatte.

An diesem Nachmittag enthüllte Charles-Antoine Cesari seinem Gast das Geheimnis des prähistorischen Filitosa. Der von ihm vorgetragenen Erzählung konnte Paul schlecht folgen. Es war ein komplizierter Bericht über die Geschichte von Menschen, die lange vor Christi Geburt im Taravotal gelebt hatten. Das alte Dorf war in der Jungsteinzeit von Hirten bewohnt gewesen, die sich mit Megalithbauern vermischt hatten. Dann, etwa 1500 vor Christus, war das Meeresvolk über das Wasser gekommen: Krieger, die Metalle kannten und mit ihren Waffen aus Metall versuchten, die steinzeitlichen Hirten zu vertreiben. Die Hirten kämpften lange und erbittert. Die von ihnen getöteten Feinde bildeten sie in ihren steinernen Menhiren ab wie eine Art Trophäe. Natürlich formten sie auch die metallenen Waffen jener Krieger, die Waffen, die ihnen fremd waren und schließlich ihren Untergang bewirkten. Denn sie konnten gegen den so viel besser bewaffneten Feind nicht ankommen. Sie verließen das Dorf und zogen sich in die Berge zurück. Das Meeresvolk nahm das Dorf in Besitz. Und so, wie es alle Besetzer tun, trachteten sie danach, die Kultur des besiegten Volkes zu vernichten. Sie zerschlugen die Standbilder und verarbeiteten sie in den Mauern und Türmen, die sie nahe dem Steinzeitdorf errichteten. Das Meeresvolk hielt das alte Dorf fünfhundert Jahre in seinem Besitz. Dann zog es fort. Die Macchia überwucherte das Dorf.

„Von ungefähr Tausend vor Christus bis vor fünfundzwanzig Jahren war das Dorf unter Gestrüpp verborgen, bis ich es auf meinem Gelände entdeckte. Das hatte eine gründliche archäologische Ausgrabung zur Folge. Hier, junger Mann, auf meinem Besitz findest du die ganze Geschichte Korsikas: Steinzeithirten, Megalithbauern, Meeresvolk. Die Wissenschaftler haben das Meeresvolk *Torréens* genannt, weil sie die Türme bauten, in denen sie die Bruchstücke der zerschlagenen Standbilder verarbeiteten. Ich habe die Stücke in den Mauern wiederentdeckt. Professor Grosjean und ich haben die Steine hier wieder aufgestellt, etwa auf dem Platz, wo ich sie gefunden habe."

„Es scheint, als ob sie bis zur Taille in den Mauern versinken", meinte Paul. „Das ist mir heute morgen schon aufgefallen."

„Manchmal fanden wir das untere Stück, das zum oberen paßte. Dann haben wir das ganze Standbild restauriert. Sieh sie dir einmal sorgfältig an, Stück für Stück. Und lies mal das Buch dazu, das du im Café kaufen kannst!"

Sie saßen auf der Mauer am Hügelhang und blickten hinunter auf das Grastal mit den fünf steinernen Männern.

„Wie sie dort unten stehen", sagte Paul, „kann man sich vorstellen, daß sie im Mondlicht Geistern gleichen."

Charles-Antoine nickte. Wie oft hatte er bei Nacht hier gestanden und hinunter auf seine Weide geblickt, die vom bleichen Mondlicht beschienen wurde, wie oft waren ihm ähnliche Gedanken gekommen! Es ging etwas von den Standbildern aus, das ihn, den Korsen, faszinierte. Aber er hatte noch nie erlebt, daß ein Fremder, jemand aus dem hohen Norden, die Standbilder auf dieselbe Weise sah wie er.

„Ich kenne sie zu jeder Tages- und Nachtzeit, in sengender Sonne, nachts im Mondlicht, bei Sturm und Regen. Immer habe ich das Gefühl, daß sie sich plötzlich bewegen könnten." Der Mann stand auf und klopfte sich den Staub von seiner Samthose ab. „Sie sind einmalig, diese Standbilder. Die interessantesten Menhire von ganz Europa." Als ob es ihm erst jetzt plötzlich einfiele, fügte er hinzu: „Wenn du wirklich Korsika kennenlernen willst, nicht von einem Hotel aus, dann kann ich dir ein Zimmer besorgen."

Überrascht sah Paul auf. Er hatte diese Wende des

Gesprächs nicht erwartet.

„Hier in Filitosa, auf der gegenüberliegenden Straßenseite, kannst du im Haus einer Witwe mit zwei Söhnen ein Zimmer bekommen, wenn du das nicht zu primitiv findest. Natürlich kein warmes Wasser, kein Fernsehen, kein Radio, kein Telefon, aber saubere Bettlaken und korsische Küche."

„Ich brauche keinen Luxus, und es gefällt mir hier."

Cesari schien beschlossen zu haben, den fremden, jungen Mann zu mögen. Er stützte sich auf Pauls Schulter, als sie zur Straße zurückgingen. Auf einmal blieb er kurz stehen und sah Paul mit seinen seltsam hellen Augen direkt an. „Du kannst hier sicher umherstreifen", sagte er vieldeutig, „niemand wird es wagen, einem Gast von Charles-Antoine Cesari einen Stein in den Weg zu legen!"

Paul fühlte sich im Haus von Madame Benedetti rasch heimisch. Sie war eine stille Frau. Ihre Söhne waren César, der mit den Schafen loszog, und der kleine Nicolai, ein Junge von knapp zwölf Jahren. Die Frau sprach ein undeutliches Französisch, vermischt mit Ausdrücken aus dem einheimischen Dialekt, von dem Paul anfangs nicht viel verstand. Aber nach etwa drei Tagen hatte er schon weniger Schwierigkeiten damit, vor allem, weil sie sich die Mühe machte, langsam zu ihm zu sprechen. Wenn sie um den großen runden Tisch beisammen saßen und Madame Benedetti das Essen auftrug, das meistens aus Schaffleisch in einem dicken Gemüsebrei bestand, Tomaten und rohen Zwiebeln, die in kaltgepreßtem Olivenöl schwammen, das schon jedem Essen ein so merkwürdiges Aroma gab, ergriff fast immer Nicolai das Wort. Er sprach ein gutes, modernes Französisch, das er in der Schule lernte, und war stolz darauf, dem Gast allerlei erzählen zu können, wovon der noch nie etwas gehört hatte. Manchmal, wenn er zuviel redete oder wenn das Gespräch eine Wendung nahm, die die Mutter nicht wünschte, unterbrach sie ihn mit ein paar Worten in ihrer Sprache. Dann schwieg der Junge erschreckt und beugte sich verlegen über seinen Teller.

Die Mahlzeiten waren wenig abwechslungsreich, aber gut. Paul, der den holländischen Metzger und Gemüsemann gewöhnt war, glaubte, es läge an den frischen Zutaten, daß es ihm hier soviel besser schmeckte als zu Hause. Fleisch, Obst und Käse: alles war anders. Es konnte natürlich auch daran liegen, daß er den ganzen Tag an der Luft war. Schon früh am Morgen, bevor die Sonne gar zu heiß wurde, zog er los. Er streifte durch die Macchia, folgte so weit wie möglich flußaufwärts dem Lauf des Taravo und schaute sich die Gehöfte und Dörfer in der Umgebung an. Wo er die Möglichkeit hatte, sei es bei der größten Hitze des Tages in einem halbdunklen Gasthaus oder auf einem Dorfplatz bei einer Kirche, versuchte er Gespräche anzufangen, um Besonderheiten über diese Gegend zu erfahren. Und immer erwähnte er den Namen Fabiani, weil er hoffte, daß jemand ihn kennen und das zeigen würde.

Er hatte jedoch keinen Erfolg. Man hörte ihm freundlich zu, fragte, woher er käme, redete über das Wetter, aber alle Gespräche blieben oberflächlich.

Regelmäßig sah er Cesari, sei es im Restaurant oder auf

dessen Gelände, wo er ab und zu ein paar Leute herumführte. Er fragte auch Cesari, ob ihm der Name Fabiani etwas sage.

„Er klingt mir bekannt, aber ich selbst kenne keinen, der so heißt. Wann, meinst du, haben die Leute im Taravotal gewohnt?"

„Das muß ungefähr achtzig Jahre her sein. Meine Großmutter ist schon sehr jung als Waise nach Marseille gegangen, wo sie bei einer Verwandten gewohnt hat."

„Vor achtzig Jahren, da war ich noch nicht einmal geboren. Und ich bin selbst schon ein alter Mann."

„Ich bin mir nicht sicher, daß sie hier gewohnt haben. Das vermutete der Beamte in Sartène."

„Vielleicht tust du gut daran, die Priester in den Dörfern nach den Taufregistern zu fragen. Aber es gibt eine Menge Dörfer im Taravotal!"

Paul begann die Pfarreien aufzusuchen. Aber es führte zu nichts. Die meisten Priester waren noch junge Männer und stammten aus anderen Gegenden, oft sogar vom Festland. Sie sahen eifrig die Taufregister der letzten Jahrzehnte des vorigen Jahrhunderts durch, konnten aber nichts finden.

Nach einer Woche ergebnislosen Suchens saß Paul in einem Café in Sollacaro, trank einen Pastis und redete mit dem freundlichen, baumlangen Wirt, mit dem er schon ein paarmal seine Probleme besprochen hatte. An einem Tischchen neben ihm spielten vier uralte Männer Karten. Zwei junge Hirten lehnten sich über den Schanktisch.

„Hast du schon etwas gefunden?" fragte der Wirt.

„Nichts. Es ist, als ob man eine Nadel im Heuhaufen suchen würde."

Der Wirt wischte mit einem Lappen den Schanktisch sauber. Sorgfältig schenkte er vier Gläschen Pastis ein und trug sie zu dem Tisch mit den alten Männern. Als sie einen Augenblick von ihren Karten aufblickten, nutzte er das, um seine Frage zu stellen. „Ihr gehört zu den ältesten Einwohnern von Sollacaro. Sagt euch der Name Fabiani etwas?"

„Sie schauten den Wirt an, nahmen die Pfeifen aus dem Mund. „Fabiani?" wiederholte einer. „Kennen wir jemanden mit diesem Namen? Joseph? Guillaume? Jean-Claude?"

Drei Köpfe wurden langsam verneinend geschüttelt.

Der Angesprochene antwortete: „Wir kennen niemanden mit diesem Namen. Warum fragst du danach?"

„Dieser junge Fremde sucht nach einer Familie, die im Taravotal gelebt haben muß."

Vier Augenpaare guckten Paul neugierig an.

„Wann?"

„Um die Jahrhundertwende."

Wie alt waren diese Männer damals wohl? fragte sich Paul. Vor fast achtzig Jahren! Der älteste von ihnen konnte damals wahrscheinlich noch nicht einmal laufen.

Die jungen Hirten an der Bar hatten die Frage des Wirts an die Männer auch gehört. Sie wechselten rasch einen Blick, kippten ihren Pastis hinunter und schoben ihre Gläser von sich.

„Und warum interessiert sich ein Fremder für die Familie

Fabiani?" Die Stimme klang laut und streitsüchtig. Die alten Männer hatten sich schon wieder abgewandt und zu ihren Karten gegriffen.

Zu Pauls Überraschung saßen die Jungen plötzlich neben ihm, der eine links, der andere rechts. Sie bestellten neuen Schnaps und sahen Paul abschätzend an. Er wußte nicht, wie er sich verhalten sollte, beschloß, nicht zuviel zu verraten. „Geschichtliches Interesse", sagte er ausweichend. „Genealogie korsischer Familien."

Die Antwort paßte den Jungen offensichtlich nicht. Ob sie verstanden, was er meinte? „Was gehen einen Fremden korsische Familien an?" Sie schoben sich dichter an Paul heran, so daß er fast eingeklemmt wurde. „Fremder – hau ab!"

Paul war auf diesen unerwarteten Angriff nicht gefaßt gewesen. Ihn packte der Zorn. „Kümmere dich um deine eigenen Angelegenheiten!" schnaubte er. „Dich habe ich nicht gefragt!"

Die beiden sahen sich an und grinsten. „Hörst du, César, er sagt, er hätte uns nicht gefragt! Findest du das höflich von diesem Fremden?"

„Nein", meinte der andere gedehnt. „Ganz und gar nicht höflich. Wir werden dem Fremden Höflichkeit beibringen müssen."

Bevor Paul wußte, wie ihm geschah, hielten sie ihn von zwei Seiten gepackt. Ein Angreifer hatte ihm die rechte Hand auf den Rücken gedreht. Der andere zog ihn an der Jacke vom Stuhl hoch. Paul hatte nicht die geringste Chance. Bestürzt sah er, daß die vier alten Männer weiter

Karten spielten, ohne aufzublicken. Sie würden vermutlich nicht einmal aufschauen, wenn die Hirten ihn totschlügen! Gab es das wirklich?

Der Zorn verlieh ihm Kräfte. Die noch freie linke Hand stieß er dem Mann in den Magen, der ihn vom Stuhl hochgezogen hatte. Sein Gegner taumelte nach hinten, rang nach Luft. Bevor er erneut angreifen konnte, packten zwei riesige Hände die jungen Männer am Kragen. Ein Ruck, und sie ließen los.

„César und Jean Paul Orsini!“ sagte der Wirt, der wie ein Riese wirkte, und seine Stimme hörte sich dunkel und drohend an. „Dies ist ein Gast von Charles-Antoine Cesari!“

Als ob er ein Zauberwort gebraucht hätte! Sie waren mit einem Schlag besänftigt. Ohne weitere Bemerkungen legten sie das Geld für ihre Getränke auf den Schanktisch und verließen das Café.

Auch der Wirt machte nicht mehr viel Worte über das Vorgefallene. „Junge Hitzköpfe“, sagte er geringschätzig. „Halten nichts von Fremden. Korsika den Korsen. Aber vor Charles-Antoine haben sie Respekt. Und in meinem Café dulde ich keinen Streit!“

Draußen wurden mit ohrenbetäubendem Lärm zwei Mopeds gestartet. Eine Wolke von Abgasen zog durch das Café, als die jungen Männer abfuhren.

Paul sagte nichts dazu. Er bezahlte, bedankte sich bei dem Wirt und verließ das Café. Als er seinen Simca erreichte, sah er, daß der linke Vorderreifen platt war.

★

Noch vor Wut bebend, berichtete Paul Charles-Antoine Cesari eine Stunde später auf der Terrasse des Cafés bei dem Ausgrabungsgebiet. „Orsini war der Name – ich glaube César und Jean-Paul. Kennen Sie die Leute?"

Charles-Antoine nahm die Pfeife aus dem Mund und runzelte die Stirn. „Ja, schon. Aufdringliche Figuren. Sie gehören zu einer Gruppe von Korsen, die Korsika von Frankreich loslösen wollen. Korsika den Korsen. Sie können Fremde nicht ausstehen."

„Ist das vielleicht ein Grund, meinen Reifen zu durchstechen?"

„Hast du gesehen, daß sie das taten?"

„Nicht direkt. Aber wer kann es sonst getan haben? Sie zogen ab, nachdem der Wirt gesagt hatte, daß ich Ihr Gast sei. Als ich hinauskam, waren sie fort, und der Reifen war kaputt. Das ist doch wohl deutlich genug, meine ich."

„Damit kannst du bei der Polizei nicht landen. Oder gab es etwa Zeugen?"

„Vom Streit?"

„Nein, ob jemand gesehen hat, daß sie den Reifen durchstachen."

„Es war niemand auf der Straße."

Charles-Antoine schien das alles nicht für wichtig zu halten. „Wo sie jetzt wissen, daß du hier logierst, wagen sie es jedenfalls nicht, dich direkt anzugreifen. Das werden sie sich aus dem Kopf schlagen. Aber solche ärgerlichen Dinge, wie mit dem Wagen, ja, dagegen kannst du nicht viel machen. Du hast ja keine Beweise."

„Machen sie das bei jedem Fremden?"

„Ich glaube, daß du etwas gesagt hast, das ihr besonderes Interesse geweckt hat. Es sind verflixt lästige Kerle, die Brüder Orsini. Flitzen mit den Krachmaschinen durch die Dörfer, übersprühen nachts mit einer Farbdose alle Wegweiser mit den Ortsnamen nach alter korsischer Schreibweise, so daß kein Fremder mehr etwas lesen kann. Aber einen Gast von mir direkt zu belästigen, wagen sie nicht."

Damit mußte Paul sich abfinden. Noch mit sich uneins ging er über die Straße zum Haus von Madame Benedetti. Er beschloß, mit niemandem über den Vorfall zu sprechen. Still aß er die Suppe aus dicken Bohnen mit Kohl und Schinken. Danach zog er sich auf sein Zimmer zurück. Vor dem offenen Fenster, das auf das Café und den Eingang zum Ausgrabungsgelände zeigte, saß er noch lange im Dämmerlicht. Obwohl er mit seiner Abstammungsuntersuchung noch kein bißchen vorangekommen war, war jeder Tag für ihn voller Ereignisse gewesen. Er hatte viele Dörfer besucht, viel mit den Leuten gesprochen, viel von der Lebensweise im Taravotal kennengelernt. Doch jetzt fühlte er sich zum ersten Mal als Fremder, als unerwünschter Außenseiter. Die unverständlich feindliche Haltung der jungen Hirten bedrückte ihn sehr. Womit hatte er das verdient? Was hatte er gesagt, wodurch sie so gereizt waren? Er hatte nur gefragt, so wie er überall fragte, ob jemand den Namen Fabiani kannte. Er hatte diesmal nicht einmal selbst gefragt!

Das Blut stieg ihm wieder zu Kopf, als er daran dachte, wie sie auf ihn losgegangen waren. Wenn der Wirt nicht rechtzeitig eingegriffen hätte, hätten sie ihn zusammengeschlagen. Die vier alten Männer hätten gewiß keinen Finger gerührt, ihm zu helfen. Seltsam, daß diese Kerle einen solchen Respekt vor dem Namen Cesari hatten! Charles-Antoine mußte im weiten Umkreis bekannt sein. Dennoch hatte er sich über den zerstochenen Reifen nicht aufgeregt. Das schien man hier als einen läppischen Streich zu betrachten.

Es war inzwischen ganz dunkel geworden. Paul blieb sitzen und blickte auf das totenstille Land hinaus. Er atmete die Landluft ein, den aufreizenden Duft der Macchia. Seine Wut verebbte. Die würzige Luft, die dunklen Silhouetten der Berge vor dem Sternenhimmel: das beruhigte ihn und versetzte ihn in eine seltsam melancholische Stimmung. Wieder dachte er: Tu ich gut daran, Mémées Geheimnis zu lüften? Gibt es vielleicht etwas in ihrem Leben, das besser unentdeckt bliebe? Er mußte lächeln. Von Mémées Geheimnis war er noch genauso weit entfernt wie damals, als er in Sartène die bewußte Akte erbeten hatte. Damals wurde er spürbar abweisend behandelt. Danach waren die Leute jedoch freundlich gewesen, besonders Cesari. Nur der Angriff im Café von Sollacaro war geradezu feindlich.

Waren sonst wirklich alle freundlich gewesen? Wenn er es richtig bedachte, verhielten sie sich doch außerordentlich verschlossen. Sicher, in den Cafés waren sie schon zu einem kurzen Gespräch bereit, vielleicht mehr aus Neugier als aus Freundlichkeit, aber niemand würde von sich aus anfangen. Es mußte immer von ihm ausgehen. Selbst Madame Benedetti blieb eine Fremde für ihn, wenn er auch jeden Tag an ihrem Tisch aß. Wenn er es genau überlegte, mußte er zu dem Schluß kommen, daß sie ihn nur aufgenommen hatte, weil Cesari das wollte.

Warum mochte Cesari ihn? Lag es daran, daß er Interesse für korsische Geschichte gezeigt hatte? Cesari war besessen von dem prähistorischen Dorf, von den Menhiren, die er selbst gefunden hatte und die er stolz einzigartig in Europa nannte. Paul hatte das Büchlein über die Ausgrabungen aufmerksam gelesen, das Professor Grosjean geschrieben hatte, und er hatte Cesari nach Besonderheiten gefragt, die ihm nicht sofort klar waren. Nichts bindet mehr, als ein gemeinsames Interesse. Cesari war schon am ersten Tag entgegenkommend gewesen, sofort als Paul gesagt hatte, daß er korsische Vorfahren habe und darum gern seine Ferien in dem Tal verbringen würde, einfach in einer Familienpension, nicht im Hotel.

Das mußte es bewirkt haben, daß Cesari ihn akzeptierte!

Zurückgelehnt in seinen Stuhl vor dem Fenster, ließ Paul seine Ausflüge durch die Dörfer noch einmal vor seinem inneren Auge vorüberziehen. Seine Gedanken wurden verschwommener, Bilder gerieten durcheinander. Er schlief ein.

Die Kälte weckte ihn auf. Oder war da ein Geräusch? Wie lange hatte er dort vor dem offenen Fenster auf seinem Stuhl geschlafen? Paul reckte und streckte die schmerzenden Glieder und setzte sich aufrecht. In der Stille der Nacht hörte er etwas! Er schob sich dichter ans Fenster heran und lauschte gespannt. Schritte näherten sich auf dem Weg. Leichte Schritte, fast unhörbar. Vorsichtig beugte sich Paul aus dem Fenster. Im Mondlicht konnte er eine zierliche

Frau erkennen. Sie ging kerzengerade. Etwas an ihrer Haltung war nicht normal. Als sie dicht vor dem Fenster war, erkannte er sie. Es war eine alte Frau, die er tagsüber auf ihrem Feld hatte arbeiten sehen. Sie wohnte in einem Haus, das weit von dem Weg entfernt lag. Was wollte die alte Frau mitten in der Nacht hier?

Sie näherte sich dem Eingang von Cesaris Gelände. Kerzengerade, zielstrebig betrat sie den Olivenbaumpfad zum prähistorischen Dorf. Ohne zu zögern, wie eine aufgezogene Puppe. Leise rauschten die Blätter der Ölbäume, und irgendwo in der Ferne zirpten Zikaden. Eine Wolke schob sich vor den Mond.

Paul spürte die Kälte. Er zog sich aus und lag wenige Minuten später im Bett unter dem weißen Laken. Was will die Frau mitten in der Nacht in dem Geisterdorf? dachte er noch. Merkwürdige Leute, die Korsen. Ein merkwürdiges Land.

Dann fiel er in einen ruhigen, tiefen Schlaf.

Nach einer großen Hitzeperiode kam plötzlich Regen. Dunkle Wolken türmten sich über dem Taravotal auf, und schon vor Mittag strömte der Regen. Paul hatte das Gefühl, alles auf Korsika sei aggressiv: die Menschen, die Landschaft, die Naturereignisse. Wer aus den Niederlanden kommt, ist gewiß an Regen gewöhnt, aber bei diesem Wolkenbruch konnte kein Mensch unterwegs sein. Von den Hügeln rann das Wasser, der an sich schon so schlechte Weg durch Filitosa glich einer gelbbraunen Wassermasse, von der Kieselsteine und Zweige mitgerissen wurden. Ein

Regenvorhang verhüllte die gegenüberliegende Straßenseite und das Café von Cesari.

Paul lag auf dem Bett und versuchte zu lesen. Seine Gedanken schweiften aber immer wieder ab. Zweimal, dreimal mußte er eine Zeile neu beginnen. Und zwischendurch lauschte er auf den heftigen Regen, der gegen die Scheiben trommelte und in dem Graben neben dem Weg sprudelte. Unten in der Küche war Madame Benedetti mit dem Essen beschäftigt. Das alles übertönende Geräusch des Regens dämpfte alle Geräusche im Haus. Paul fühlte sich wie allein auf der Welt.

Gegen Abend hielt die Naturgewalt plötzlich inne. Der Himmel wurde wieder heller, und die niedrigstehende Sonne brach durch. Aber es dauerte noch eine Zeitlang, bis der Weg so weit wieder getrocknet war, daß man ihn begehen konnte. Die Löcher waren noch tiefer ausgehöhlt und standen voll Wasser.

Paul hatte den Nachmittag genutzt, um das kleine Stühlchen zu reparieren, auf dem Madame Benedetti häufig am offenen Herdfeuer saß. Eine Sprosse war zerbrochen. Er war in handwerklichen Dingen geschickt und machte sich gern nützlich. Ziemlich früh ging er zu Bett, konnte aber nicht einschlafen. Die Macchia duftete betörend nach dem Regen. Paul wälzte sich von einer Seite auf die andere. Nach der häßlichen Auseinandersetzung mit den jungen Hirten und dem darauffolgenden Regentag war er entmutigt. Jetzt lebe ich schon zwei Wochen hier, dachte er, und bin noch keinen Schritt weitergekommen! Warum bin ich überhaupt noch hier? Ich habe die ganze Gegend durchstreift, aber mit so dürftigen Anhaltspunkten komme ich nicht weiter. Warum bleibe ich dann noch?

Er schlug das Laken zurück und stapfte aus dem Bett. Lange stand er wieder beim offenen Fenster und blickte auf die Landschaft. Draußen war es so still; aber ihm schien es, als ob alles um ihn herum dröhnte.

Paul wußte, daß er nicht schlafen konnte, weil er den ganzen Tag im Zimmer gehockt hatte. Er kleidete sich an und schlich leise hinunter. Die Küchentür war nicht abgeschlossen. Paul verließ das Haus, überquerte die Straße und schlug den Pfad zu dem prähistorischen Dorf ein. Seine Schritte verursachten fast kein Geräusch. Die Nachtluft tat gut. So wie jetzt, unter dem dunkelblauen Himmel mit den hellen Sternen, schien das rätselhafte Dorf noch bedrohlicher zu sein als am Tag. Die Blätter der uralten Ölbäume raschelten. Paul setzte sich auf die feuchten Steine vor dem alten Heiligtum des Meeresvolkes und blickte auf die Wiese am Fuße des Hügels hinunter. Der Bach war vom Regen angeschwollen, das Wasser gurgelte über die großen Steine hinab. Paul fühlte sich seltsam betroffen, als er so auf die Standbilder hinunterschaute. Und wieder dachte er, wie vorher in seinem Zimmer: Warum bleibe ich bloß hier? Ich kann die vielen Rätsel dieser alten Insel doch nicht lösen. Was hält mich hier fest?

Dann erschrak er jäh. Da war etwas hinter ihm. Rasch stand er auf und lauschte angestrengt. Er hatte sich nicht geirrt! Jemand kam näher, Schritte, leichte Schritte, nahten.

Paul scheute sich davor, mitten in der Nacht hier gesehen zu werden. Rasch trat er in den Schatten eines gewaltigen, überhängenden Steines. Er sah jetzt, wie sich etwas am Eingang zum Dorf bewegte, und hielt den Atem an. Es war die alte Frau, die er in der Nacht zuvor vom Fenster aus in Richtung Ausgrabungsgelände hatte verschwinden sehen.

Sie ging wieder seltsam steif und blickte starr vor sich hin. In der rechten Hand hielt sie einen schweren Knüppel. Ihre Bewegungen waren seltsam steif. Sie kam an dem Heiligtum vorbei und begann, vom Hügel hinabzusteigen. Obwohl es nicht einfach war, den tosenden Bach zu überqueren, machte ihr das anscheinend überhaupt keine Mühe. Es war offensichtlich ein Weg, der ihr völlig vertraut war. Sie glitt nirgendwo aus, machte keinen einzigen Fehltritt. Paul sah, wic sie die große Weide überquerte, an den Standbildern vorbeiging und schließlich im Dickicht dahinter verschwand.

Paul spürte, daß ihn fröstelte. Er drehte sich um und ging schnell den Pfad entlang zum Ausgang. Er sehnte sich sehr nach dem Schutz von Frau Benedettis Haus, nach dem Licht in seinem Zimmer.

Am folgenden Morgen, sobald er mit Nicolai allein war, fragte er den Jungen nach einer Erklärung für das, was er in diesen beiden Nächten gesehen hatte.

Das Kind schien nicht überrascht. „Das ist Madame Santori“, sagte Nicolai. „Sie geht auf Jagd. Manchmal mehrere Nächte hintereinander, dann wieder lange Zeit gar nicht. Aber du mußt sehr achtgeben, daß sie dich nicht sieht. Es ist gefährlich, wenn sie dir nachts begegnet.“

„Warum?“ fragte Paul erstaunt. „Warum ist es gefährlich, ihr nachts zu begegnen? Und was jagt sie denn?“

Der Junge schaute sich scheu um, dann trat er einen Schritt näher an Paul heran. „Seelen!“ flüsterte er. Als ob es die gewöhnlichste Sache der Welt sei. „Madame Santori ist eine Mazzere und Signadore.“

„Eine was?“

„Eine Mazzere...“

„Nicolai – wo steckst du bloß? Wie lange muß ich noch darauf warten, bis du das tust, worum ich dich bat? Ich habe die Einkäufe jetzt nötig – nicht nächste Woche!“ Madame Benedetti stand im Türrahmen. Man sah ihr an, daß sie wütend war.

Erschreckt schob sich der Junge an Paul vorbei in die Küche, und im Vorbeigehen flüsterte er: „Nichts davon sagen, was ich dir erzählt habe...“

Murrend verschwand die Mutter im Haus. Paul hörte noch eine Zeitlang, wie sie das Kind ausschimpfte. Ärgerlich zuckte er die Achseln und ging zu seinem Wagen. Er mußte seinen Reifen reparieren lassen. Der Straßenzustand auf Korsika war nicht dazu angetan, daß man es wagen konnte, ohne Reserverad zu fahren. Es war ein strahlend schöner Tag. Nichts deutete darauf hin, daß es am Vortag eine Sintflut gegeben hatte.

Gemächlich fuhr Paul nach Propriano, wo er ein Schild von *George Fronsac – Mechaniker* gesehen hatte, in der Hoffnung, daß dieser ihm rasch helfen könnte.

Der Schuppen, in dem die Werkstatt eingerichtet war, sah aus wie der Umschlagplatz eines Schrotthändlers: ein großer Blechhaufen, ein unbeschreibliches Durcheinander von Geräten, Werkzeugen und Ersatzteilen. Aber George Fronsac, ein junger Franzose, kannte sich ausgezeichnet darin aus. Er begrüßte den Holländer fast überschwenglich, fragte ihn sofort aus: „Bleibst du lange auf der Insel, gefällt es dir hier? Was sagst du zum Zustand der korsischen Straßen? Ob ich den Reifen reparieren kann? Mais oui, hast du noch etwas in Propriano zu tun? Eh bien, komm dann nach der Siesta den Reifen abholen! Ich werde dafür sorgen, daß er um halb fünf bereitliegt."

Paul merkte, wie seine gute Stimmung wiederkehrte. Er ließ seinen kaputten Reifen bei Fronsac zurück und fuhr zum Restaurant *Le Claridge*, wo er einen Filterkaffee bestellte. Das Sonnenlicht glitzerte auf dem Wasser. Fischerboote fuhren aus, ein paar große Segelboote wurden zum Ablegen fertiggemacht. Kupfer und Holzwerk glänzten in der Sonne. Fähnchen flatterten fröhlich im Wind.

In dem Restaurant und auf der kleinen Terrasse davor waren fast alle Tischchen von einer lärmenden Gesellschaft deutscher Touristen besetzt, die offensichtlich kurz zuvor mit einem Autobus angekommen waren. Es dauerte lange, bis Paul etwas zu trinken bekam, denn die Serviererinnen hatten alle Hände voll zu tun mit den ungeduldigen Leuten aus dem Bus. Paul hatte es nicht eilig. Er trank seinen Kaffee und lauschte den unzusammenhängenden Gesprächsfetzen der Touristen.

„Was ist das doch für eine liebliche Insel!" rief eine dicke Dame von etwa fünfzig Jahren am Tischchen nebenan aus. „Etwas Typisches für eine Hochzeitsreise. Warum hast du nicht eher daran gedacht, Andreas?"

Der Mann neben ihr streifte die Asche von seiner Zigarette ab. Er trug eine karierte Mütze, die er kurz abnahm, um sich mit einem großen Taschentuch die Stirn zu wischen. „Vor fünfundzwanzig Jahren trieben sich im Maquis noch jede Menge Banditen herum“, brummte er. „Man würde dich entführt haben, Mäuschen!“

Die Frau ließ sich nicht abschrecken. „Wunderbar! Wie romantisch, von Bandits d'Honneur überfallen zu werden! Dann hättest du um mich kämpfen müssen, Andreas!“

Andreas dachte praktisch. „Vor fünfundzwanzig Jahren gab es hier kaum Hotels, und die es gab, hatten keine sanitären Einrichtungen“, verdarb er seiner Frau die Stimmung.

Schockiert rümpfte Mäuschen die Nase. „Bah, du immer mit deinen Banalitäten!“

Er lachte schallend und rief nach frischem Kaffee.

„Hast du die reizenden Kapellchen gesehen, Edeltraut?“ Eine Stimme etwas weiter weg. „Rosa und weiß und hellgelb. Die Leute müssen hier doch sehr fromm sein, wenn sie so viele Kapellchen bauen. Es sieht aus, als ob jeder sein eigenes Kirchlein hätte.“

„Kapellchen? Ich habe überhaupt keine gesehen. Wo denn?“

„Also, dort, bevor wir in dieses Dorf hineinfuhren. Ganze Reihen!“

„Kann man hier Ansichtskarten bekommen?“

„Ich wäre eigentlich lieber in Ajaccio geblieben, da ist wenigstens abends etwas los.“

Eine mißlaunige Männerstimme: „Von dieser Sprache kann ich kein Wort verstehen. Das ist doch eine französische Provinz! Warum sprechen sie hier denn nicht ordentlich französisch?"

Der Reiseführer trommelte seine Schäfchen für einen Hafenspaziergang zusammen. Wie eine Klasse unruhiger Kinder zockelten sie hinter ihm her, schwatzend, lachend, ihm kaum zuhörend, nach Lädchen mit wertlosen Souvenirs Ausschau haltend.

Paul dachte: Wenn sie nach Hause kommen, werden sie berichten, wie teuer die Hotels waren, viel teurer als an der Costa Brava, wie herrlich die Landschaft war, daß man die Leute nicht verstehen konnte. Vielleicht wissen sie noch etwas von dem Haus in Ajaccio, in dem Napoleon gewohnt hat, von dem großen Standbild am Cours Grandval, von der Fremdenlegion, die in den Zitadellen von Corte, Calvi und Bonifacio untergebracht ist, aber sie werden sich kaum an die Namen erinnern, und beim Vorzeigen der Dias werden die üblichen Mißverständnisse entstehen: Das ist Edeltraut bei der Zitadelle von Calvi! – Nein, Liebes, du irrst dich. Es war Bonifacio . . . Wir sind in ganz Korsika herumgekommen, werden sie erzählen, und sie werden es je nach ihrer Stimmung anpreisen oder nicht. Aber keiner von ihnen hat wirklich etwas gesehen, etwas erlebt, das ihn ein wenig von Korsika verstehen lehrt.

Romantische Insel? Fromme Menschen? Unwillkürlich dachte Paul an das Café in Sollacaro, an die eichenharten Köpfe der alten Männer, an die deutliche Feindschaft der jungen Hirten, an den kaputten Reifen.

Er dachte: Ich verderbe mir nicht den Tag. Ich gehe schwimmen! Er fuhr zu dem inzwischen vertrauten Fleckchen im Gebüsch am Ende des Boulevard und blies seine Luftmatratze auf. Lange Zeit lag er da und las, danach schwamm er im warmen Wasser des Golfs, schließlich schlief er ein. Unversehens wurde es Zeit, seinen Reifen abzuholen.

George Fronsac war mit der Reparatur noch nicht fertig. „Hast du noch etwas Zeit? Ich hatte gerade noch eine dringende Arbeit. Ein englischer Wagen, der es nicht mehr tat. Die Leute mußten noch heute abend in Bonifacio sein. Ich hoffe, du verstehst, daß ich sie eher drannehmen mußte."

„Natürlich", antwortete Paul. „Da bleibe ich eben noch länger hier. Laß dich nicht stören, ich warte schon."

George Fronsac nahm etwas von seiner Werkbank und schob es Paul zu. „Wußtest du, daß ein Stilett in deinem Vorderreifen steckte?"

Überrascht griff Paul das spitze Stückchen Metall. „Nein", sagte er überrascht und wütend zugleich. „Ich wußte zwar, daß sie meinen Reifen zerstochen hatten. Aber ich konnte es nicht beweisen, niemand hatte es gesehen. Und das Stilett habe ich nicht entdeckt."

„Gab es Schwierigkeiten?"

„In Sollacaro Streit in einem Café! Ich kannte die Leute nicht einmal. Als ich rauskam, war mein Reifen platt."

George Fronsac stemmte die Arme in die Seite. „Wenn ich dir einen guten Rat geben darf, dann fang bloß keinen Streit mit Korsen an. Du ziehst den kürzeren. Und was hast du davon?"

„Ich habe doch keinen Krach gesucht! Ich begreife nicht,

was die Leute dazu brachte!" Paul erzählte ausführlich, was ihm passiert war. Warum tat er das? Weil Fronsac ihm freundlich interessiert zuhörte? Weil er einen Franzosen vor sich hatte, keinen Korsen?

Fronsac arbeitete ruhig weiter. Er ließ Paul ausreden, ohne ihn zu unterbrechen. Sein Kommentar war überraschend. „Laß dir eins von mir sagen: Die lassen dich hier nicht gelten. Du bist ein Fremder, und sie hassen Fremde. Selbst wenn du hier schon Jahre wohnst, bleibst du ein Eindringling, den sie lieber heute als morgen los sind."

„Aber du wohnst doch hier! Und du bist doch auch kein Korse. Warum bleibst du dann hier?"

Fronsac legte sein Handwerkszeug ab. Er wischte sich mit einem schmutzigen Taschentuch den Schweiß von der Stirn. „ „Ich bin ein guter Monteur. Ich wußte, daß sie sich ein Bein danach ausreißen. Ich kannte die Insel nur von einem Ferienaufenthalt. Ich fand sie schön und dachte, ich könnte hier mein Glück machen. All die Touristen im Sommer! Dann dieser Straßenzustand hier auf Korsika und der Mangel an ordentlichen Monteuren."

„Na und? Ist es denn anders gekommen, als du gedacht hast?"

„Nicht, was die Arbeit angeht. Ich habe die einzige gute Werkstatt weit und breit. Ich verdiene auch gut. Aber ich bleibe ein Fremder, auch wenn ich Franzose bin. Sie mögen mich nicht. Ich fühle mich hier nicht wohl, und ich bin auch die längste Zeit hier gewesen. Wenn ich ein einigermaßen ordentliches Angebot bekomme, verkaufe ich den ganzen Rummel hier und gehe zurück aufs Festland. Da reißen sie sich nicht um mich, aber da fühle ich mich wenigstens nicht als unerwünschter Eindringling."

„Du willst doch nicht sagen, daß sie auch deine Reifen zerschneiden?" fragte Paul erstaunt.

„Nein, das gerade nicht. Sie brauchen mich ja. Aber das ist auch alles. Freunde findet man nicht bei den Korsen. Laß dir das gesagt sein."

Pauls logisches Denken wehrte sich dagegen. „Sie erschließen die ganze Insel für den Tourismus. Sie leben davon. Wie reimt sich das zusammen?"

„Ganz einfach. Sie wollen das Geld der Fremden, Geld stinkt nicht. Aber sie sind überglücklich, wenn wieder eine Saison vorbei ist. Wenn die letzten Boote mit Gästen in Ajaccio, Calvi und Bastia ablegen, nicken sie einander zu. Dann sagen sie: Glücklich wieder unter uns!"

Es wurde kurz still in dem Schuppen. Fronsac arbeitete konzentriert weiter. Er hatte seinen Kummer und seine Wut geäußert. Das erleichterte.

Paul besah sich das abgebrochene Stilett von allen Seiten. In der Klinge war etwas eingraviert. Er säuberte sie. *Viva C*, las er. Er fragte Fronsac, was das bedeuten sollte.

„*Viva Corsica!* bedeutet das. Sie haben solche Stiletts auch mit *Vendetta* darauf. Schönes Souvenir für die Touristen. So romantisch!"

„Anfangs schienen die Leute freundlich zu sein", meinte Paul. „Erst seit den letzten Tagen sehe ich das anders."

„Ah oui, nach außen hin tun sie freundlich, besonders Frauen gegenüber. Mußt mal die hübschen Burschen am Hafen sehen, wenn die Touristenboote ankommen! Sie können so charmant sein. Die Frauen aus dem Norden fallen darauf rein. Das wissen sie ganz genau, und sie nutzen es auf die schamloseste Weise aus. Sie haben dafür rührende Geschichten parat. Sie erzählen, wie einsam sie sind, wie schön sie blondes Haar finden. Sie tanzen in den Cafés und verdrehen ihre Augen, und sie singen schmachtende korsische Lieder zur Gitarre. *S'entrassi 'ndra Paradisa santu, santu! – E nun truvassi a tia, mi n'esciria!* Weißt du, was das bedeutet? *Wenn ich ins Paradies komme und dich dort nicht finde, werde ich es wieder verlassen!* Abends zeigen sie dann ihrer neuen Freundin die Macchia im Mondschein ..."

Der Reifen war fertig. Fronsac pumpte ihn auf, rollte ihn an die Bordsteinkante, wo Pauls Simca stand. Er befestigte ihn unter der Haube und kehrte wieder zurück zu seinem Arbeitsplatz, um die Rechnung zu schreiben.

Er nahm sein Selbstgespräch wieder auf: „Nach außen hin wie Samt, wenn sie bei den dummen Gänsen etwas erreichen wollen, die auf Korsika Romantik suchen, aber innen hart wie Granit. Sie lachen sich krank, wenn die Boote wieder abfahren mit ihrem Vierzehn-Tage-Liebchen an Bord. Abends stehen sie wieder am Kai und warten auf die nächste Ladung. Es ist ein bequemer und einträglicher Zeitvertreib, nicht wahr? Hübsche Burschen und so charmant! Daß ich nicht lache! Weißt du, wie sie sind, die Korsen? Gewalttätig, faul und stolz! Wenn du mit ihnen Krach bekommst, springst du unwiderruflich über die Klinge!"

Paul hatte den Eindruck, daß George Fronsac zum

erstenmal seit langer Zeit seine Sorgen loswerden konnte und darum kein Ende fand. „Sie haben deinen Reifen mit dem Stilett durchstochen. Du paßtest ihnen offensichtlich nicht. Aber damit brauchst du gar nicht erst zur Polizei zu gehen, denn selbst wenn halb Korsika Zeuge gewesen wäre: daß man deinen Reifen ruinierte, hätte niemand gesehen! Lern sie erst mal kennen, die Jungen von Korsika! Es ist noch nicht lange her, daß hier alles voll von Bandits d'Honneur war. Wenn sie einen Feind umgebracht hatten, verdrückten sie sich vor der Gerichtsbarkeit in den Maquis. Es gab immer befreundete Bauern und Hirten, die sie mit Lebensmitteln und Munition versorgten, und sonst konnten sie in der Wildnis ganz gut leben. Als schließlich mehr Korsen in der Macchia als in den Dörfern lebten, ist die Regierung in Paris endlich aufgewacht. Die Armee hat den Maquis durchgekämmt, wirklich Meter für Meter. Wen sie fanden, stellten sie vor Gericht. Mit den Bandits d'Honneur ist es aus und vorbei, sagen sie jetzt in Paris. Aber laß dir von mir sagen, Holländer, daß man den Charakter eines Volkes, der sich in Jahrtausenden gebildet hat, nicht in wenigen Jahrzehnten ändern kann. O nein! Und darum bin ich die längste Zeit hier gewesen. Schöne Insel, prächtig, dieses Korsika, wenn nicht eine so verdammt große Menge Korsen darauf lebten!"

Deprimiert nahm Paul von dem hilfsbereiten Monteur Abschied. Der Mann spürte offensichtlich, daß er etwas zu weit gegangen war, und versuchte, seinen verbitterten Bericht etwas zu mildern.

„Ich mußte das mal loswerden", sagte er entschuldigend.

„Ich will dir deine Ferien nicht verderben! Aber all das Gerede über die romantischen Korsen hängt mir langsam zum Hals raus. Ich wollte dich nur warnen: Fang nie Streit an, laß dich nie auf politische Diskussionen ein, sieh vor allem nie ein korsisches Mädchen an, dann hast du eine gute Chance, die Ferien zu überleben! Und wenn du eine Autopanne hast, komm zu George Fronsac. Ich habe alle Ersatzteile von allen Fabrikaten, ich bin auf allen Märkten zu Hause und auf alles vorbereitet!"

Lachend verabschiedeten sie sich. „Ich komme noch einmal vorbei!" rief Paul, als er abfuhr. „Auf Wiedersehen!"

Aber etwas von Fronsacs Verbitterung blieb haften.

Der Schwung, mit dem Paul seine Entdeckungsreise begonnen hatte, war tüchtig gebremst worden. Daß er mit seinen Forschungen nicht weiterkam, ging ja noch; aber durch sein Zusammensein mit den Leuten lernte er, Dinge zu sehen, die ihm in den ersten Tagen nicht aufgefallen waren. Warum war Madame Benedetti so schweigsam? Bildete er sich das nur ein, oder versuchte sie wirklich, Nicolai von ihm fernzuhalten? Warum durfte der Junge nicht mit ihm sprechen? Um das herauszubekommen, fragte Paul beim Frühstück, ob Nicolai Lust habe, mit ihm zum Schwimmen nach Propriano zu fahren. Es entging ihm nicht, daß Nicolai erst seine Mutter aus den Augenwinkeln ansah, bevor er „gern" sagte.

„Dann kannst du gleich für mich ein paar Besorgungen machen", sagte Madame Benedetti befehlend. „Ich werde dir eine Liste fertigmachen."

Tat sie das nun, um den Jungen zu beschäftigen, damit er nicht ununterbrochen mit Paul reden konnte? Dann war das geschickt, denn Einkaufen und Schwimmen würde schon so viel Zeit kosten, daß für ein vertrauliches Gespräch eigentlich kaum Zeit blieb.

Ich sehe Gespenster, dachte Paul, als sie losfuhren und die Mutter ihnen freundlich nachwinkte. Seit ich mit Fronsac gesprochen habe, bin ich furchtbar argwöhnisch geworden. Er schaltete das Autoradio ein und beschloß, sich den Tag nicht durch nutzloses Grübeln verderben zu lassen.

„Wir beginnen mit einem Eis im *Le Claridge*", kündigte er an, sobald sie das Dorf erreicht hatten. Nicolai war sofort dafür zu haben.

Obwohl es noch früh am Tag war, fing es schon an warm zu werden. Sie schlenderten in der Morgensonne am Kai entlang. Auf der Terrasse des *Le Claridge* waren noch alle Stühle unbesetzt. Die Besitzerin wischte die Tischchen mit Lauge ab. Die orangenen Sonnenschirmchen flatterten im Wind.

Die junge Frau sprach ein bißchen mit Paul über das Wetter. Sie fragte interessiert, ob es ihm auf Korsika gefalle und wo er logiere. „Ah, in Filitosa, bei Madame Benedetti. Haben Sie das Museum von Charles-Antoine besichtigt? Ja, das ist eine sehr wichtige Ausgrabung. Trotzdem sehen sich das nicht viele Touristen an. Filitosa ist etwas schwierig zu erreichen, der Weg dorthin ist so schlecht. Aber das ist nicht so schlimm, denn die große Masse der Fremden ist an diesen Dingen nicht so interessiert, n'est-ce pas? Es kommen mehr Gelehrte nach Filitosa. Die machen sich die Mühe. Ist der

Herr vielleicht Student?“

Er ließ sie reden, gab ab und zu eine Antwort. Die Frau war nicht von der Insel, wie sie erzählte. Sie kam aus Paris. Ihr Mann war Korse und würde nie von Korsika fortgehen. Das fand sie schade, denn sie hatte oft Heimweh nach der großen Stadt.

Als neue Gäste kamen, ließ ihn die Frau mit Nicolai allein.

Paul bezahlte, als Nicolais Eis aufgegessen war, und suchte eine geeignete Stelle am Wasser zum Schwimmen. Sie zogen sich aus und sprangen ins Meer. Die Wassertemperatur war angenehm. Von der Bucht war die Aussicht auf Porto Pollo und die Berge in der Ferne faszinierend. Sie ließen sich von der warmen Sonne trocknen und erledigten später die Einkäufe. Der Morgen war um, ehe sie es merkten.

Nicolai döste auf dem Rückweg mit geschlossenen Augen neben Paul. Es war sehr warm, obwohl der Wind vom Meer her wehte.

Gleich nachdem Paul den schmalen Weg eingeschlagen hatte, der nach Filitosa führte, erblickte er eine alte Frau vor sich, die einen Korb auf der Schulter trug und mühsam dem staubigen Weg voller Schlaglöcher folgte. Ihr langer schwarzer Rock schleifte durch den Staub. Ein schwarzes Tuch bedeckte ihren Kopf. Sie mußte gehört haben, daß sich das Auto näherte, denn ohne sich umzusehen, ging sie ein paar Schritte beiseite, um Platz zu machen.

Gerade als Paul an ihr vorbeifuhr, machte sie einen falschen Tritt und geriet in eines der tiefen Löcher des

Weges. Der Korb, den sie mit einer Hand im Gleichgewicht gehalten hatte, kippte nach vorn um, der Inhalt kollerte über den Weg: Zwiebeln, Tomaten und Stangenbrot. Paul hielt sofort an und stieg aus. Auch Nicolai erwachte aus seinem Schlummer.

„Haben Sie sich verletzt? Kann ich Ihnen helfen?"

Die Frau war schon wieder auf den Beinen. Sie klopfte den Staub von ihrem Rock. Zwei durchdringende Augen sahen Paul nicht unfreundlich an. Er erschrak ein wenig, als er Madame Santori erkannte, aber er zögerte nicht lange und fing an, die Zwiebeln und Tomaten aufzusammeln und wieder in den Korb zu legen.

„Macht nichts", murmelte die alte Frau. Aber als sie sich daran machte, den Korb wieder auf die Schulter zu heben und einen Schritt zu gehen, verzog sie ihr Gesicht vor Schmerzen.

„Sie müssen doch auch nach Filitosa?" fragte Paul. Die Frau nickte. „Ich bringe Sie natürlich!" Er bemerkte, wie Nicolai das Gesicht erschreckt verzog. Paul öffnete die Wagentür und half der alten Frau beim Einsteigen. Nicolai mußte auf den Rücksitz klettern und den Korb neben sich stellen.

Langsam fuhren sie weiter, von den Schlaglöchern gerüttelt. Zweige schlugen gegen die Frontscheibe. Keiner sagte ein Wort. Im Rückspiegel sah Paul den Jungen. Mit bleichem Gesicht saß er kerzengerade und hielt den Korb im Gleichgewicht. Die Frau hatte das schwarze Tuch noch tiefer in die Stirn gezogen, so daß von der Seite nur ihre spitze Nase und ihr Kinn zu sehen waren.

Paul versuchte nicht, ein Gespräch zu beginnen. Vorsichtig, um seinen Wagen zu schonen, fuhr er den Weg entlang. Er kam am Haus der Benedettis vorbei und fuhr weiter bis zu dem Fußweg, der zum Haus von Madame Santori führt. Er half ihr beim Aussteigen und trug den Korb bis vor ihre Tür. Der Junge war im Wagen geblieben. Paul dachte, sie würde ihn vielleicht ins Haus bitten, das tat sie jedoch nicht. Zögernd streckte er seine Hand aus, um sich zu verabschieden. Die großen blauen Augen zeigten Überraschung, sie sahen wie die eines neugierigen Kindes aus.

„Kann ich noch etwas für Sie tun? Soll ich vielleicht einem Doktor Bescheid sagen?"

Zum erstenmal huschte ein vages Lächeln über ihr runzeliges Gesicht. „Mais non", sagte sie mit seltsam hoher Stimme. „Merci!"

Sie sah ihm nach, als er zu seinem Auto zurückging. Er fühlte sich verunsichert. Die Frau mußte sich ziemlich weh getan haben. Konnte er sie so einfach allein zurücklassen? Nun ja, er hatte getan, was er konnte, sie hatte sich offenbar nichts gebrochen. Eine Bäuerin hatte vielleicht nicht so rasch einen Arzt nötig.

Im Auto sagte Nicolai: „Erzähl Maman nicht, daß du sie mitgenommen hast! Maman will nicht, daß ich mit ihr spreche."

Als ob sie eine ansteckende Krankheit hätte! dachte Paul verärgert, aber als Madame Benedetti nach ihren Erlebnissen in Propriano fragte, schwieg er, wie ihn der Junge gebeten hatte, über die seltsame Mitfahrerin.

Nach der Siesta traf Paul Cesari im Café gegenüber. Vorsichtig versuchte er, die Angelegenheit zu berühren, die ihm in den letzten zwei Tagen schwer im Magen lag.

„Monsieur Cesari, warum sind die Korsen so abweisend gegenüber dem Fremden?"

Charles-Antoine stopfte umsichtig seine Pfeife und drückte den Tabak mit seinem verstümmelten Finger fest, als ob er die Frage nicht gehört hätte. Paul beherrschte sich. Er wußte, daß er nicht drängen durfte, wenn er eine Antwort erhalten wollte.

„Wir sind mit Fremden nicht gleich vertraulich", sagte Charles-Antoine schließlich, „wundert dich das? Du darfst nicht vergessen, daß wir jahrhundertelang allen Grund hatten, Fremden zu mißtrauen. Alles, was übers Wasser kam, hat versucht, uns auszurauben und zu unterdrücken, ob es nun die Türken oder die Römer waren, die Griechen oder die Sarazenen, die Deutschen oder die Engländer. Wir haben nie Grund gehabt, sie mit offenen Armen zu empfangen. Das ist so, seitdem das Meeresvolk hierher gekommen ist."

Paul konnte ein Lächeln nicht unterdrücken. Bei jedem Gespräch, jeder Bemerkung spielte Cesari auf die eine oder andere Weise auf das Meeresvolk oder auf sein prähistorisches Dorf an.

„Aber wir leben doch jetzt alle friedlich miteinander, alle Völker Europas. Die Überfälle von fremden Völkern kann man nicht mit dem Tourismus vergleichen! Wer jetzt nach Korsika kommt, kommt als Freund."

Charles-Antoine tat einen tiefen Zug aus seiner Pfeife.

„Etwas, das in Jahrtausenden gewachsen ist, ändert man nicht in Jahrzehnten."

Seltsam, dachte Paul, etwas Ähnliches hat auch Fronsac gesagt.

„Einen in Jahrtausenden gebildeten Charakter eines Volkes kann man nicht in Jahrzehnten umformen."

Tatsächlich: Cesari sagt genau dasselbe wie Fronsac. Nur klingt es anders. Fronsac sagt es im negativen, Cesari im positiven Sinn.

„Aber das *Syndicat d'Initiative* will doch gern Fremde nach Korsika locken. Nun, wenn die Korsen die Reifen der Touristen durchstechen, kommen sie bestimmt nicht wieder!" Noch während er es aussprach, begriff Paul, daß er besser den Mund gehalten hätte. Fronsac hatte ihn doch so gewarnt: Fang keine Diskussionen an. Nun war das zwar nicht eigentlich Politik, aber Paul spürte, daß jede Diskussion leicht ausufern konnte. Wenn er jetzt die einzige Freundschaft verspielte, die er auf Korsika hatte, konnte er am besten noch heute seine Koffer packen.

Charles-Antoine blickte ihn väterlich an. „Ach, die Brüder Orsini! Hitzköpfe, mehr nicht. Deswegen mußt du dich nicht so aufspielen. Wenn du dich für Korsika interessierst, wie du doch sagst, dann mußt du das verstehen."

Damit sind wir wieder bei der Vergangenheit gelandet, dachte Paul gereizt. Nun, ich habe noch eine Frage. Damit kann ich mich getrost aufs Glatteis begeben. „Monsieur Cesari, was sind Mazzeri und Signadori?"

Charles-Antoine ging zum Schanktisch, um sich selbst und Paul ein Glas Wein einzuschenken. Die hellen Augen unter den dichten Brauen blickten Paul durchdringend an. Erst als er einen Schluck getrunken hatte und das Glas wieder auf dem Tisch stand, fragte er: „Warum willst du das wissen?"

„Ist es verboten, nach der Erklärung für ein Wort zu fragen?"

Ein Lächeln erschien auf dem zerfurchten Gesicht des alten Mannes. „Es gibt auf Korsika Dinge, über die man mit Fremden nie spricht."

„Aber ich bin doch kein gewöhnlicher Fremder!" entgegnete Paul.

„Wie kommst du an diese Worte?" beharrte der Mann.

Paul berichtete von seinem Gespräch mit Nicolai Benedetti. Charles-Antoines Finger trommelten auf die Tischplatte. Zum Schluß schien er sein Zögern überwunden zu haben.

„Mazzeri sind Hellseher", erklärte er schließlich. „Menschen, die Anzeichen des nahenden Todes erkennen können; Signadori sind Heiler." Er wartete, um zu sehen, welchen Eindruck seine Worte machten. Er schien nicht sicher, daß Paul ihm glauben würde. „Die Menschen des modernen Zeitalters verneinen den Glauben an übernatürliche Dinge", fuhr er fort. „Sie wollen für alles eine Erklärung, eine Auslegung, und das, wofür es keine Erklärung gibt, lehnen sie ab. Aber es gibt mehr Dinge zwischen Himmel und Erde, als sie mit ihrer Wissenschaft und Technik ergründen können. Wir hier auf Korsika sind mit diesen Dingen vertraut. Der moderne Mensch tut sie mit der Bezeichnung Aberglauben ab."

Ein Auto hielt auf der Straße. Verärgert hörte Paul junge Stimmen, das Zuschlagen einer Tür, Schritte, die sich der Tür zum Café näherten. Cesari war aufgestanden. Die Stimmung war verdorben. Der alte Mann würde sicher nicht weiterreden, solange Touristen in der Nähe waren.

„Können wir hier die Ausgrabungen besichtigen?" fragte der Mann, der inzwischen am Schanktisch stand. „Man hat mir gesagt, daß hier eine wichtige Entdeckung gemacht wurde."

„Wir möchten die alten Standbilder sehen", sagte das Mädchen. „Können wir eine Karte kaufen?"

Cesari sah die beiden abschätzend an. Und genau wie bei der ersten Begegnung mit Paul sagte er: „Cesari, Besitzer und Entdecker." Er ging zur Tür, um seine neuen Gäste zu führen. Zu Paul, der etwas verloren am Tisch sitzen blieb, sagte er: „Komm heute abend in mein Haus. Dann können wir einmal ruhig über alles sprechen."

Nach Sonnenuntergang hatte es stark abgekühlt. Von der See her wallte leichter Nebel, der Kühle verbreitete und die vertrauten abendlichen Geräusche dämpfte: das Bellen eines Hundes, das Meckern einer Ziege, das Gezirpe der Zikaden in der Macchia. Die Lichter der Häuser waren nur schwach auszumachen.

In Cesaris Haus war es gemütlich. Das Feuer im offenen Herd und die Kerze auf dem unbearbeiteten Holztisch waren die einzige Beleuchtung. Françoise, Charles-Antoines Frau, hockte schweigend auf dem kleinen Stühlchen neben dem offenen Herd und legte ab und zu mit einer

Zange einen Klotz ins Feuer. Auf dem Tisch standen neben dem Kaffee die Gläser Eau de Vie. Der große Hund hatte seinen Kopf auf die Füße seines Herrn gelegt und seufzte tief und zufrieden. Über die weißgekälkten Mauern huschten Schatten, wenn die Kerze flackerte oder wenn ein Scheit im Herd platzte.

Charles-Antoine fing von sich aus an zu sprechen, langsam, mit Pausen, seine Worte sorgfältig wählend. Er tat sein Bestes, etwas von dem Mysterium zu vermitteln, womit jeder Korse vertraut ist, das jedoch Fremde verwirrt. Der ruhigen Stimme seines Gastgebers lauschend, ohne ihn mit Fragen oder Bemerkungen zu unterbrechen, bekam Paul das merkwürdige Gefühl, einen Schritt in die Vergangenheit zu tun. Obwohl er stolz war, nüchtern zu denken, und für merkwürdige Erscheinungen immer eine logische Erklärung zu finden versuchte wie alle aus seiner Generation, merkte er, daß er die Dinge, die ihm jetzt zu Ohren kamen, nicht mehr mit einem ungläubigen Schulterzucken abtun konnte.

„Das alte korsische Denken“, versuchte der alte Mann ihm zu verdeutlichen, „geht von der Auffassung aus, es gäbe ein zweiteiliges Ganzes, bestehend aus einer stofflichen und einer geistigen Welt. Der Korse glaubt, daß die Seele eines Menschen bei seinem Tod nicht in die Geisterwelt umzieht, sondern daß sie ein Jahr zuvor von den Geistern angefordert wird. So wird der Tod des Körpers vorhersehbar und tatsächlich weniger wichtig. Die Korsen haben immer angenommen, daß die Toten auf die Lebenden eifersüchtig sind und daß die Seelen der Toten zurückkehren, um die der

Lebenden zu verlangen. Die Angst vor den Geistern der Toten ist deshalb auch an vielen korsischen Gewohnheiten zu erkennen. Diese Reste des alten, megalithischen Glaubens wurden nie ganz vom Christentum vertrieben. Meistens rufen die Geister der Toten um Mitternacht ihre Opfer beim Namen. Das Seltsame daran ist, daß jeder außer dem Opfer selbst ihre Stimmen hören kann. Von dem Augenblick an, da die Stimmen gehört wurden, wird der Aufgerufene krank, und binnen eines Jahres folgt der Tod.

Mazzeri sind Menschen, die ein Leben abseits führen, weil bei ihrer Taufe ein Fehler unterlief. Ihr Leben ist eng verbunden mit den Mächten von Tod und Finsternis. Manchmal verlassen sie nachts das Haus und gehen auf Jagd. Die Männer tragen dann ein Gewehr bei sich, die Frauen einen Knüppel. Sie gehen in die Macchia und töten das erstbeste Tier, dem sie begegnen. Dann erkennen sie in diesem Tier das Gesicht von jemandem aus ihrem Dorf, von einem, der dazu verurteilt ist, innerhalb eines Jahres zu sterben. Es gibt Mazzeri, die ihre Jagd im Traum erleben; es gibt auch Schlafwandler unter ihnen, die in Trance in den Maquis gehen und am Tag darauf nur eine undeutliche Erinnerung an das haben, was mit ihnen geschehen ist. Sie sehen dann ganz erstaunt, daß ihre Kleidung vom Gestrüpp zerschlissen ist, daß sie vom Tau naß sind. Aber im Laufe des Tages erinnern sie sich an den Namen desjenigen, den sie in Gestalt eines Tieres getötet haben, und sagen sein Ende voraus.“ Charles-Antoine schwieg, um eine neue Pfeife zu stopfen.

Françoise verschob einen Klotz im Feuer.

„Die Menschen fürchten sich vor den Mazzeri", fuhr der alte Mann fort. „Dennoch sind sie nicht böswillig. Sie sind einfach nicht verantwortlich für das, was sie tun, sie werden getrieben, sie wählen nie selbst ihr Opfer aus. Sie müssen das Tier töten, dem sie begegnen, selbst wenn sie darin jemanden erkennen, den sie liebhaben. Sie sind die einzigen auf der Insel, die von ihrer Familie losgelöst sind. Oft geben sie sich die größte Mühe, jemandes Freundschaft zu gewinnen, denn sie sind die einsamsten Menschen in unserer Lebensgemeinschaft. Dennoch ist es nicht ratsam, zuviel mit ihnen zu verkehren, denn sie ziehen dich mit in die Welt von Finsternis und Tod, obwohl sie das nicht beabsichtigen."

Paul fröstelte trotz der Wärme im Raum. Er war sich der Stille rund ums Haus deutlich bewußt, des Nebels über der Macchia, des kaum spürbaren Griffs, mit dem Korsika ihn zu packen begann. In den Flammen des Feuers glaubte er die Standbilder aus dem alten Dorf zu erblicken, Madame Santori, kerzengerade, wie in Trance. Er ergriff das Gläschen Eau de Vie und kippte es in einem Zug hinunter. Das starke Getränk brannte in seiner Kehle, es brachte ihn ins zwanzigste Jahrhundert zurück.

Das Feuer im offenen Herd war fast niedergebrannt. Es schwelte noch, verbreitete aber kaum noch Licht. Nur der zusammengesunkene Körper von Françoise auf dem Stühlchen wurde davon beschienen. Die Gesichter der beiden Männer am Tisch wirkten wie weiße Flecken in dem finsteren Raum.

Cesari streckte seine Beine aus. Der Hund, der wachgeworden war, drehte sich um und legte seinen Kopf auf die Vorderpfoten.

„Madame Santori", sagte Paul, „ist sie eine Mazzere?" Es war die erste Frage, die er stellte, und er erschrak über seine eigene Stimme.

„Ja", antwortete der alte Mann. „Früher, vor etwa dreißig Jahren, gab es viel mehr Mazzeri. Besonders mächtig waren sie in der Spelunca. Aber die moderne Zeit vertreibt viel von dem alten Glauben, viele der übernatürlichen Gaben. Es gibt jetzt nur noch einige wenige Mazzeri, vor allem Frauen. Madame Santori geht noch auf Jagd."

Eine Frage, die ihm schon lange über die Lippen wollte, mußte er jetzt stellen. „Welche Rolle haben die Mazzeri bei der Vendetta gespielt?"

„Überhaupt keine!" Cesaris Stimme klang ungeduldig, als ob er zu einem unbelehrbaren Kind spräche. „Ich sagte doch: die Mazzeri werden zu ihrer Aufgabe *berufen*. Sie sind nicht selbst verantwortlich. Sie schaden keinem Feind und schützen keinen Freund. Sie sind ein Instrument, mehr nicht. Die Seele eines Lebenden kann ab und zu den Körper verlassen und während der Nacht umherirren. Die Seelen der Mazzeri sind dann die Jäger; die Seelen ihrer Opfer irren als Tier umher. Wenn der oder die Mazzere zuschlägt, geschieht dasselbe wie bei den Geistern der Verstorbenen, wenn sie die Seele eines Lebenden fordern. Sie unterbrechen die Verbindung zwischen Seele und Körper, danach wird der Körper krank und stirbt. Beide, Mazzere und Opfer, werden von einer höheren Macht getrieben. Sie können beide dem Schicksal nicht entgehen, und alles, was sie erleben, hat sich schon in Träumen abgespielt. Auf Korsika sind die Menschen schicksalsgläubig, mon ami, wer kann sein Los wenden?"

Paul konnte nicht gleich etwas erwidern. Er versuchte, eine logische Verbindung zwischen den Dingen zu sehen, es gelang ihm nicht. „Sie sagen, daß die Mazzeri den Tod bringen und daß Signadori Kranke heilen", sagte er schließlich. „Monsieur Cesari, wie kann eine einzige Person zugleich Mazzere und Signadore sein?"

Der alte Mann zog einige Male an seiner Pfeife. Wie konnte er einem Fremden das so komplizierte alte korsische Glaubensleben verdeutlichen? Was seit Jahr und Tag aus Überlieferungen bekannt ist, kann man einem nicht Eingeweihten nicht mit wenigen Worten erklären. „Es kommt selten vor, daß beide Eigenschaften in einer Person vereinigt sind. Aber es ist möglich. Der alte korsische Glaube besagt, daß der Mensch von Natur aus gut ist. Wenn er Böses tut, geschieht das durch den Einfluß des Bösen Blickes. Dieser Glaube stammt aus der Zeit der Megalithbauer, so alt ist er schon. Der Böse Blick ist überall anwesend, versucht ständig, das Glück des Menschen, seine Gesundheit zu untergraben. Die Signadori, mon ami, bekämpfen den Bösen Blick. Sie haben von älteren Signadori gelernt, ihre angeborenen Gaben zu entwickeln, sie üben ihre Aufgaben als Hellseher und als Heiler bewußt aus, aus freien Stücken. Aber die Mazzeri werden von unsichtbaren Mächten gegen ihren eigenen Willen umgetrieben. Beides kann in einer Person vereinigt sein, obwohl es selten vorkommt. Mit der Neuzeit sterben die Mazzeri aus. Es gibt zwar noch viele

Signadori. Aber auch sie werden aussterben. Was das Christentum nicht verbannen konnte, wird schließlich vom Industriezeitalter vertrieben."

Die Frau am Herd stand auf. Sie hatte sich an dem Gespräch nicht beteiligt, dennoch war es, als ob sie jetzt bestimmte, daß es genug sei. Von einem Augenblick zum andern herrschte eine andere Stimmung. Françoise machte Licht und stellte Schafskäse auf den Tisch. Charles-Antoine füllte die Gläser. Der Hund erwachte. Das Gespräch wurde über das Wetter, die Ernte, die alltäglichen Dinge fortgesetzt.

Als Paul eine halbe Stunde später Abschied nahm und zu dem Haus ging, in dem er logierte, war ihm, als hätte er geträumt.

Der Nebel lag immer noch über dem Land, es war beinahe windstill. Fast automatisch schlug Paul den Weg zum prähistorischen Dorf ein. Er mußte die Standbilder sehen, jetzt, in dieser Nacht!

Er stand auf der Mauer des Heiligtums, und unter ihm standen die fünf Krieger unbeweglich um den Olivenbaum. Bis zu ihrer Körpermitte wogte der Bodennebel. Wolkenfetzen trieben vor dem Mond, gaben ihn wieder frei; aus der Macchia hörte man keinen Laut. Aber Paul sah die Anlage jetzt mit anderen Augen. Obwohl er sein Bestes tat, seine Phantasie unter Kontrolle zu halten, war ihm, als höre er Stimmen aus dem Maquis, hohe, dünne Stimmen. Sah er Schemen auf der Weide, oder war es der wabernde Nebel? Er erschrak fürchterlich, als im silbrigen Mondlicht plötzlich ein Kaninchen pfeilschnell über den Bach sprang und im

Unterholz verschwand. Pauls Herz klopfte bis zum Hals.

Mein Gott, Mémée! dachte er. Was für einer Welt entstammst du!

Das Gesicht seiner Großmutter tauchte im Nebel auf; so deutlich, daß er blinzelte, um sich in die Wirklichkeit zurückzurufen. „Ich bin ein Holländer“, sagte er laut, um sich aus der Verzauberung zu lösen. Aber während er langsam zum Haus Madame Benedettis zurückging, war er sich bewußt: von diesem Volk ist etwas in meinem Blut, etwas von dem Mysterium Korsika ist ein Teil meines Lebens.

War es normale Anteilnahme oder pure Neugier, daß er am folgenden Tag den Fußweg zu dem Häuschen der Frau einschlug, die er am Vortag nach Hause gebracht hatte? Es trieb ihn etwas dazu, und er gab diesem Drängen nach. Vielleicht tat er es, um sich selbst davon zu überzeugen, daß er ein nüchterner Holländer war, daß er sich einen Dreck um den Aberglauben scherte, dessen er die Benedettis und Cesaris verdächtigte. Er war ein Kind des zwanzigsten Jahrhunderts. Er ließ sich nicht durch eine Geschichte beim Herdfeuer aus dem Gleis werfen. Charles-Antoine war ein guter Erzähler, ganz gewiß, aber man mußte nicht alles wörtlich nehmen, was er sagte!

Es war doch ganz normal, daß er die alte Frau fragte, die am Tag zuvor gefallen war und die den Fuß verstaucht hatte, ob alles mit ihr in Ordnung sei!

Sie hatte ihn bestimmt kommen hören, denn bevor er anklopfen konnte, öffnete sich schon die Tür. Sie machte eine Bewegung, die ihn zum Eintritt nötigte. Sie hinkte noch etwas, schien aber keine Hilfe nötig zu haben. Er nahm den Kaffee an, den sie ihm anbot, und trank ihn heiß an dem rohen Holztisch. Madame Santori blieb stehen. Sie blickte auf ihn nieder. Sie sagte nichts.

Welch seltsames Schauspiel! dachte Paul. Warum sagt sie nichts? Obwohl er sonst leicht ein Gespräch in Gang zu bringen wußte, wollte ihm jetzt nichts einfallen. Als er den Kaffee getrunken hatte, stellte er die Tasse auf den Tisch und stand auf. Der Raum war karg möbliert. Ein Tisch, zwei Holzstühle mit geflochtenen Sitzen, eine Truhe, ein eisernes Bettgestell, eine Art Spülstein, ein paar Pfannen und Körbe, mehr nicht. An der Wand ein vergilbtes Foto mit einem jungen Mann mit Gewehr. Erschrocken erkannte Paul den schweren Knüppel wieder, der neben dem Herd an der Wand lehnte.

Die alte Frau folgte seinem Blick.

Um seine Verlegenheit zu verbergen, fragte Paul: „Haben Sie keine Beschwerden mehr von dem Sturz?“ Es kam ihm verrückt vor. Wenn Madame Santori eine Signadore war, dann hatte sie sich selbst heilen können, dann hatte sie gewiß nicht die Hilfe eines Arztes nötig gehabt.

„Non, non, merci“, wiederholte sie.

„Dann gehe ich mal wieder“, stammelte Paul.

Erst als sie die Tür für ihn aufhielt und er im Hinausgehen war, fing sie plötzlich zu sprechen an, schnell und schrill.

„Es führt ein Weg von Sollacaro nach Pila-Canale. Nach der Brücke über den Taravo wird er ganz schmal. Dort gibt es einen Fußweg nach Westen. Wenn du dem folgst, kommst du an einen Bach, der in den Taravo mündet. Dort wirst du finden, was du suchst."

Paul trat einen Schritt zurück. Sie hatte jedoch die Tür leise hinter ihm geschlossen.

Das alles war so unwirklich, daß Paul dachte, seine Phantasie ginge mit ihm durch. Sollte er anklopfen und fragen, was sie genau gemeint habe? Nein, das konnte er nicht tun! Wenn sie mehr hätte sagen wollen, hätte sie mehr gesagt, doch sie hatte dem Gespräch ganz deutlich ein Ende gemacht, indem sie die Tür hinter ihm schloß.

Paul stieg in seinen Wagen und fuhr wie automatisch die Straße nach Sollacaro entlang. Tief in Gedanken folgte er dem Weg nach Col de Celaccia. Ohne Schwierigkeiten meisterte er die ungezählten Kurven, denn der Weg war ihm inzwischen vertraut. Seine Gedanken waren bei der seltsamen Frau, die die Menschen Mazzere und Signadore nannten. Woher kann sie wissen, was ich hier suche? fragte er sich. Weiß sie es wirklich, oder errät sie es nur? Hat Cesari vielleicht etwas zu ihr gesagt oder Madame Benedetti? Nein, die Benedettis sprachen nicht mit der Frau. Bei Cesari war er sich nicht sicher. Charles-Antoine war nicht der Mann, der vor übernatürlichen Gaben Angst hatte.

Mit einem gewissen Unmut kaum Paul zu dem Schluß, daß die Frau nur Eindruck auf ihn machen wollte, daß sie in Wirklichkeit keine Hellseherin war, wie sie ihn glauben machen wollte. Bah, er ließ sich nicht betören! Sie dachte sicher, daß sie ihm, dem Ausländer, leicht etwas weismachen konnte.

In dem engen Col de Celaccia, wo er nach rechts in

Richtung Olmeto abbog, entdeckte er im Rückspiegel eine Staubwolke, die sich rasch näherte. Er zog seinen Simca auf die Seite, um den Mann auf dem Moped vorbeizulassen, der es so eilig zu haben schien. Plötzlich schoß das Moped dicht auf ihn zu, schnitt ihn fast und fegte den Staub auf seine Frontscheibe. Paul trat auf die Bremse, schleuderte. Das zweite Moped sah er fast zu spät. Mit einem verzweifelten Versuch, nicht in den Abgrund zu fahren, riß Paul das Steuer herum. Quer auf der Straße, die Stoßstange dicht vor einem Baum auf der linken Straßenseite, brachte er den Wagen zum Stehen. Die beiden Mopeds verschwanden in einer Wolke von Staub und Abgasen um die nächste Kurve.

Paul brach der kalte Schweiß aus. Seine Hände zitterten. Um Haaresbreite wäre er den Hang hinuntergestürzt. Welche Irren fuhren so über korsische Straßen? Hätte es Gegenverkehr gegeben, wäre es zu einem schlimmen Zusammenstoß gekommen. Es waren zwei Mopeds gewesen, aus Sollacaro kommend . . .

Obwohl er am liebsten ausgestiegen wäre, um sich zu beruhigen, mußte er bis Olmeto weiterfahren, bis er ein Plätzchen fand, wo er sicher anhalten konnte. Als er die Bremse anzog, packte ihn die Wut. „Diese gottvergessenen Schufte!" schrie er laut. Das war Absicht! Natürlich waren das die Brüder Orsini aus Sollacaro gewesen. Aber wer würde ihm das glauben? Kein Mensch hatte die Attacke beobachtet. Wenn es zu einem Unfall gekommen wäre, hätte man gewiß dem dummen Ausländer die Schuld gegeben, der nicht an den Zustand der korsischen Wege gewöhnt war, nicht an die kurvenreichen Wegstrecken.

Das war ein regelrechter Mordanschlag gewesen! Konnten sie einen Ausländer so sehr hassen, daß sie ihn in den Abgrund jagten? Pauls Gefühl für logisches Denken wehrte sich dagegen. Das tut doch keiner! Einen Reifen durchstechen, gut, das ist noch drin! Ausländer in einem Café auf die Palme jagen, das war ihnen zuzutrauen. Aber einen Unfall inszenieren – war das möglich? Sah er jetzt Gespenster? – Schluß jetzt! Hier konnte er nicht bleiben, bis er Wurzeln schlug.

Paul fuhr weiter nach Propriano, bis zu seinem geliebten Platz im Maquis, wo er schon so oft gelegen hatte. Er zog sich aus und sprang ins Meer. Er hatte das Gefühl, er müsse ganz Korsika von sich abspülen. Die Suche nach der Vergangenheit seiner Großmutter hatte er schon längst nicht mehr im Griff. Es waren nicht nur die unangenehmen Erlebnisse der letzten Tage: er war in der ganzen Zeit, die er jetzt in Filitosa hängengeblieben war, kein bißchen weitergekommen. Niemand kannte den Namen Fabiani, weder in Sartène noch im Taravotal. Er war dem Fluß stromaufwärts gefolgt von der Mündung an bis nach Moriccio und Olivese, er konnte schlecht noch weiter stromaufwärts suchen. Dicht beim Fluß gab es praktisch keine Häuser. Das Gelände war siedlungsfeindlich, unwirtlich. Außerdem war er sich gar nicht so sicher, daß sie ihn in Sartène richtig informiert hatten. Was war, wenn die Mitteilung nicht stimmte, daß Mémée aus dem Taravotal kam? Korsika war so groß.

Welchen Sinn hatte es dann noch, bei den Benedettis hängenzubleiben? Die Ausgrabung von Cesari hatte er von allen Seiten betrachtet, sowohl am Tage als auch bei Nacht. Alle Gegenstände in dem dazugehörigen kleinen Museum konnte er im Schlaf zeichnen. Professor Grosjeans Ansicht über die neolithische Besiedlung, die Megalithbauer und Torréens kannte er. Außerdem hatte er die betreffende Broschüre gekauft. Was konnte er im Taravotal noch erleben, wo er außerdem zwei Feinde hatte, denen er nie mehr begegnen wollte? Wenn er demnächst nach Hause kam, würden ihn alle fragen, was er von Korsika gesehen habe. Du bist doch mit dem eigenen Wagen da gewesen, würden sie sagen, warum bist du dann nur in Ajaccio, Sartène und Propriano gewesen? Hast du denn Corte nicht gesehen und Bastia und Cap Corse?

Natürlich, er hatte anderes erlebt, viel Interessanteres, als ein Tourist erleben kann, der von einem Fleck zum anderen geschleppt wird und nicht einmal die Gelegenheit bekommt, die Menschen und ihre Gewohnheiten zu studieren. Außerdem hatte ihm Cesari klargemacht, daß Filitosa das antike Herz der Insel war, daß hier alles geschah, was in der Geschichte wichtig und von Interesse war. Aber Cesari war ein Chauvinist!

Paul ließ sich auf dem Rücken treiben. Obwohl das Wasser herrlich war und er sich in seinen Ferien keineswegs über das Wetter beklagen konnte, wurde er immer unruhiger. Er stieg aus dem Wasser, trocknete sich ab und legte sich auf seine Luftmatratze.

Er war hierher gekommen, um etwas zu entdecken, und er hatte das Gefühl gehabt, daß er dem Ziel näherkam. Wenn er jetzt nicht fand, wonach er suchte, wäre es dann nicht klüger, Filitosa zu verlassen und einen anderen Teil der Insel auszukundschaften? Alle sagten, daß Bonifacio gewiß der Mühe wert sei. Er konnte nach Bonifacio fahren und von dort aus an der Ostküste entlang nach Aleria und am Tavignano entlang landeinwärts bis zum alten Corte. Er konnte auch an der Westküste entlangrollen nach Ajaccio und weiter nach Porto, um die Spelunca zu sehen, den Niolo. Eigentlich mußte er auch nach Calvi. Die einzige gute Straße verlief als Rundweg an der Küste entlang. Er holte die Karte aus seiner Badetasche, breitete sie über seiner Luftmatratze aus und studierte die Entfernungen. Sein Finger glitt über die Karte.

Aber ob er es wollte oder nicht: in der Erinnerung hörte er ununterbrochen die hohe, dünne Stimme: *Es führt ein Weg von Sollacaro nach Pila-Canale.* Von Sollacaro nach Norden zu war der Weg grün eingezeichnet, was bedeutete, daß er schön war. Er kannte ihn, war ihm bis zum Taravo gefolgt. Danach war er über ein schmales kurvenreiches Sträßchen in östlicher Richtung nach Bicchisano gefahren. *Nach der Brücke über den Taravo wird er ganz schmal, dort ist ein Fußweg.* Diese Richtung hatte er noch nie eingeschlagen. Sollte er das wirklich noch tun? Er gab sich geschlagen. Warum eigentlich nicht? Aber es war gewiß das letzte, was er unternehmen würde, um die Vergangenheit zu enträtseln. Wenn die Frau nur irgendwelchen Unsinn dahergeredet hatte, würde er sich die ganze Sache aus dem Kopf schlagen und aus Filitosa abreisen.

Es ist natürlich heller Wahnsinn, dachte er. Die Frau hat nicht die geringste Ahnung, was ich suche. Es gibt dort nicht einmal ein Dörfchen, wie soll ich dann überhaupt etwas finden? Das ist das allerletzte, was ich unternehme, beschloß Paul. Danach schlage ich mir die Vergangenheit aus dem Kopf und benehme mich wie ein Holländer auf Urlaub!

Es dauerte geraume Zeit, bis Paul in dem Wirrwarr von Grün und Sträuchern einen zugewachsenen Fußweg entdeckte, der nach Westen führte. Er zögerte. War das der Weg, den die alte Frau gemeint hatte?

Paul wollte es genau wissen! Darum folgte er dem kaum gangbaren Weg ungefähr einen Kilometer weiter nordwärts. Moosbewachsene Schluchten, dichte Dornensträucher, Einsamkeit. Kein Dorf in der Nähe, kein Haus weit und breit. Um ihn herum tiefe Stille. Nur das sich abschwächende Geräusch des strömenden Wassers vom Taravo, je weiter er sich entfernte, und ab und zu ein Vogelruf. Nirgends mehr eine Öffnung im Gebüsch, die mit etwas Phantasie als Fußweg bezeichnet werden konnte.

Er kehrte zu dem Weg dicht oberhab des Taravo zurück und bog die Sträucher auseinander. Der Pfad wirkte wie ein enger Tunnel. Über seinem Kopf verwuchsen die Zweige von Bäumen und Sträuchern miteinander und ließen nur ein diffuses, grünes Licht durchscheinen. Der Grund unter seinen Füßen war hart und steinig. Nach einigen Minuten wurde der Pfad etwas breiter, die Sträucher um ihn herum standen nicht mehr so dicht. Er hörte wieder das Geräusch fließenden Wassers. Das konnte nicht mehr vom Taravo herrühren. Der Pfad endete auf einem offenen Platz. Ein

Bach floß nach Süden zu. Die Lage stimmte ganz mit der Beschreibung überein, die ihm Madame Santori gegeben hatte. Aber Paul dachte, daß man das kaum Hellsehen nennen konnte. Eine Frau, die in dieser Umgebung geboren und aufgewachsen war, kannte natürlich jeden Pfad, jeden Bach. Madame Santori hatte ohne Zweifel diesen Platz gemeint.

Und hier sollte er finden, was er suchte? Es gab hier nichts, kein Haus, nicht einen Menschen. Es war ein seltsam friedliches Fleckchen, dort bei dem murmelnden Bach, ein sonniger, offener Platz in der grünen Macchia. Blühender Oleander am Wasser. Ein paar summende Insekten, eine gurrende Ringeltaube. Paul setzte sich auf einen Stein und stützte den Kopf in die Hände.

In den Sträuchern raschelte es. Zwei neugierige magere Ziegen standen auf einem überwucherten kleinen Hügel und blickten zu ihm hinüber. Als er aufstand, verschwanden sie. Paul folgte ihnen. Ziegen, dachte er, Ziegen, einfach so, nicht angebunden!

Er stieg hinauf zu dem Fleck, wo er die Ziegen hatte stehen sehen, setzte sich auf den Hügel und fragte sich, was er jetzt tun sollte. Ein paar alte Zypressen ragten hinter ihm, und vor ein paar Steinen blühte wilder Lavendel. Er bückte sich, um davon etwas zu pflücken. Mémée würde sich über getrockneten Lavendel aus Korsika freuen.

Die Stengel ließen sich nicht so einfach brechen. Paul kniete nieder und öffnete sein scharfes Taschenmesser. Während er den Lavendel schnitt, fiel ihm auf, daß die Steine wie ein Mäuerchen aussahen. Er schob ein paar

Zweige fort und spürte, wie ihm das Blut ins Gesicht schoß. Es war ein Mäuerchen, auf jeden Fall ein Bauwerk! Hatte hier vielleicht ein Haus gestanden? Es war ein idealer Platz dafür. Von diesem höher gelegenen Stückchen Land aus hatte man eine schöne Aussicht auf den kleinen, offenen Platz mit dem Bach.

Paul versuchte, mit Hilfe seines Taschenmessers den Bewuchs von den Steinen zu entfernen, merkte aber bald, daß das nicht so einfach war. Schlingpflanzen und Schmarotzergewächse hatten sich festgeklammert und ließen sich nicht mit einem kleinen Taschenmesser entfernen. Moos und Farn bildeten ein dickes Polster auf den Steinen. Paul ließ den Lavendel liegen. Er kniete auf dem Pflanzenpolster. Mit der Messerspitze kratzte er etwas Moos weg.

Es kam ein grauer Stein aus Granit zum Vorschein. Die Oberfläche war vollkommen glatt. Paul wurde es warm. Mit seinem unzulänglichen Werkzeug begann er, noch mehr Bewuchs vom Stein zu entfernen. Er dachte, er hätte es mit einem Fußboden aus Granit zu tun, vielleicht der Fußboden eines Häuschens, das dort vor langer Zeit gestanden haben mußte.

Auf einmal glitt die Messerspitze ab in ein Loch. Es schien kein tiefes Loch zu sein, nur eine Aushöhlung im Stein. Paul arbeitete weiter. Stück für Stück entfernte er Moos und Erde, Pflanzenreste und Dreck, und immer wieder glitt sein Messer in die leichte Vertiefung der Granitplatte ab. Als er eine Fläche von etwa dreißig mal zehn Zentimetern freigelegt hatte, erkannte er, daß die Unebenheiten als gerade Linie an der Unterkante des freigelegten

Stücks verliefen. Das war also keine zufällige Beschädigung des Steins, es mußte eine Inschrift sein!

Fieberhaft arbeitete er weiter, alles um sich herum vergessend. Er achtete nicht auf den Schweiß in seinen Augen, als er die ersten Buchstaben entzifferte: CARLO FAB –

Die Messerspitze brach ab. Paul wühlte mit der stumpfen Klinge weiter. Er wußte, was der nächste Buchstabe sein würde, der übernächste. Er ruhte nicht eher, bis er die ganze Inschrift von Moos und Pflanzen befreit hatte:

CARLO FABIANI
1894–1910

Pauls Gesicht war naß vom Schweiß. Das Hemd klebte am Rücken. Mühsam richtete er sich auf und blickte auf das Stückchen Granit mit der Inschrift. Was er gefunden hatte, war nicht der steinerne Fußboden eines Hauses, sondern ein Grabstein. Ein Grabstein, von dem er einen Teil freigelegt hatte, auf dem aber vielleicht noch mehr Namen standen. Madame Santori hatte ihm den Weg gewiesen. Hier war die Antwort auf viele Fragen. Doch eine neue Frage war aufgetaucht. Wer war Carlo Fabiani?

Plötzlich hatte Paul das unbehagliche Gefühl, nicht allein zu sein. Er ließ den Blick über das Buschwerk streifen und lauschte angestrengt auf jedes Geräusch. Der Bach murmelte. Als er sich auf dem überwucherten Stein niederließ, rollten ein paar Kiesel den Hügel hinab. Und da sah er ihn!

Es war ein gebeugter, uralter Mann, mit einer abgewetzten Cordhose und einem dunklen Pullover bekleidet, eine schwarze Mütze auf dem Kopf. Das Gesicht war ganz zerfurcht. Der Mann hatte einen weißen Backenbart und einen dichten Schnurrbart. Die Augen unter buschigen Brauen schauten Paul direkt an. In der rechten Hand hatte der Mann einen dicken Stock.

Wie lange stand er schon dort? Hatte er beobachtet, wie Paul sich angestrengt hatte, um die Inschrift auf dem Stein freizulegen? Oder wußte er vielleicht gar nicht, daß dort ein Grabstein lag?

„Guten Tag!“ grüßte Paul. Er stand auf, klappte das Taschenmesser zusammen und steckte es ein. Langsam ging er auf den Mann im Schatten des Baumes zu.

Erst als Paul dicht vor ihm stand, gab der andere Antwort. „Guten Tag!“ Die Stimme klang sehr alt. Nur die Augen schienen jung zu sein.

Paul fragte: „Wohnen Sie vielleicht hier in der Gegend? Kennen Sie die Umgebung?“

„Ich wohne siebzig Jahre hier, junger Mann. Siebzig Jahre oder noch mehr. Ich weiß es nicht genau. Der Bauernhof gehört mir, seit sie hier gewohnt haben.“ Er sprach langsam, machte bei dem Wort *sie* eine Bewegung mit der linken Hand zu dem Grabstein hin.

Er hatte einen Bauernhof erwähnt. Nirgends war ein Häuschen zu sehen.

„Dort!“ Er zeigte mit seinem Stock. „Am Bach.“

Stromaufwärts am Bach entlang, dort, wo der freie Platz durch ein Wirrwarr von Sträuchern begrenzt wurde, führte etwas am Wasser entlang, das einem Pfad glich.

Wenn dieser Mann siebzig Jahre hier wohnte, dann mußte er natürlich von diesem Grab wissen, von dem Stein mit der Jahreszahl 1910. Während Paul noch überlegte, wie er es anstellen mußte, um von dem Alten etwas zu erfahren, fing der Greis wieder zu sprechen an.

„Ich habe sie alle gekannt. Jean Baptiste und Martha und Carlo. Aber wo Pasqualina begraben liegt, weiß ich nicht. Die schöne Pasqualina. Sie ist in der Macchia verschwunden, und niemand hat sie je wieder gesehen."

Ein Zittern lief über Pauls Rücken. Ihn fröstelte im warmen Sonnenschein. „Ich bin ein Freund von Charles-Antoine aus Filitosa", sagte er, weil er das Vertrauen des Greises gewinnen wollte. „Ich würde gern mit Ihnen sprechen über früher, über diese Menschen, die hier begraben liegen, ich wohne in Filitosa, ich..."

Wie sollte er um Himmels willen diesem alten Mann sein Anliegen erklären? Würde er ihn mit seiner Neugier nicht abschrecken. Korsen sprechen nicht gern mit Fremden über Dinge, die nur sie allein etwas angehen. Wie sollte er den alten Mann zum Sprechen bringen?

Er hätte sich das alles nicht fragen müssen. Der alte Mann machte es ihm leicht. „Charles-Antoines Freunde sind meine Freunde. Ich bin ein alter Mann, ich habe viel erlebt, ich kann viel erzählen, über den Bauernhof, über die Leute..."

Er hatte sich umgedreht und begann, den holprigen Pfad am Bach entlangzugehen, ohne sich umzusehen. Paul folgte ihm. Er staunte über den festen und sicheren Schritt des Alten. Eigentlich hatte ihn keiner eingeladen zu folgen. Er tat es auf gut Glück. Der Greis schien es für selbstverständlich zu halten. Der Bach machte eine Biegung. Der Mann vor ihm bog ein paar Zweige beiseite, die über dem Pfad hingen. Noch ein freier Platz im Maquis – ungefähr genauso groß wie der, wo das Grab lag. Aber hier stand ein Gebäude, ein altes Häuschen aus schweren Granitsteinen, eigentlich mehr ein Schuppen, von Schlingpflanzen überwuchert. Um das Häuschen wuchsen Erdbeeren und Mimosen, Agaven und wilde Akazien. Lavendel und wilde Rosen blühten. Hier mußte früher ein gut unterhaltener Garten gewesen sein!

Hinter dem Bauernhof ragten alte Eukalyptusbäume, unter denen sich einige Ziegen und Schafe drängten. Auf dem Misthaufen neben dem Haus gackerten Hühner. Es war ein besonders friedlicher Platz, abgeschlossen von der Welt, einsam, aber einladend.

Der alte Mann öffnete die Tür des Häuschens und ging Paul voran. Der Raum war groß und kahl. In einer Ecke stand eine eiserne Bettstelle. Auf dem Bett lagen ein paar schmuddelige Decken, auf dem Boden eine zerrissene Matte. Neben dem Herd standen zwei geflochtene Schaukelstühle und natürlich das übliche kleine Stühlchen mit kurzen Beinen und geflochtenem Sitz. In den Schaukelstühlen lagen dicke Ziegenfelle. Die Wände waren kahl bis auf ein vergilbtes Foto von einer jungen Frau in einem schwarzen Kleid. Über dem Herd hing ein Kruzifix. Auf dem Holztisch stand eine Petroleumlampe. In einer Ecke des Raums gab es noch einen Schrank und eine schwere Kiste.

Der Mann zeigte auf einen Schaukelstuhl. Paul setzte sich zögernd. Der Alte schien ganz vergnügt zu sein. Geschäftig verschwand er hinter einem Verschlag. Paul hörte ihn mit

Geschirr klappern. Kurz darauf kam er mit ein paar Tellern, einem Stück Brocciu, einem Kanten Brot und zwei dicken kleinen Gläsern zurück.

Wie alt mochte dieser Mann sein? Mehr als siebzig Jahre wohnte er schon hier, hatte er gesagt. Sein Gesicht war so zerfurcht, daß es einem Hundertjährigen gehören konnte. Aber die Augen waren noch jung.

Ein magerer Hund kam durch die offene Tür herein. Er beschnüffelte Paul und legte sich dann zu Füßen seines Herrn nieder. Draußen meckerte eine Ziege.

„La vôtre!" sagte der Alte. Er trank den Inhalt seines Glases in einem Zug hinunter. Paul tat es ihm nach. Das Eau de Vie brannte in seiner Kehle, er rang nach Luft, aber der Alte hatte die Gläser schon wieder gefüllt. Jetzt begann er zu sprechen, stockend, die Sätze nicht vervollständigend, aber unaufhaltsam und ohne eine Antwort abzuwarten.

Er heiße François Peretti, und er sei zweiundneunzig Jahre. Oder einundneunzig, oder vielleicht dreiundneunzig, das wisse er nicht mehr genau. Es sei auch egal – ein Jahr mehr oder weniger. Er wohne hier auf dem Bauernhof von dem Tag an, an dem Jean Baptiste Fabiani tot hinausgetragen worden war. Und er werde hier wohnen bleiben, bis er gerufen werde, es könne nicht so lange mehr dauern, er fand das alles gut. Er kippte ein zweites Gläschen Eau de Vie in sich hinein und fing an, Brot zu schneiden. Ohne große Umstände schob er dem Gast Brocciu hin, nahm selbst ein ordentliches Stück, kaute mit seinem zahnlosen Mund und redete und redete.

Pauls anfängliches Erstaunen über die Tatsache, daß

dieser korsische Schafhirte die übliche Zurückhaltung seiner Landsleute gegenüber einem Fremden ganz und gar aufgegeben hatte, verschwand. Aus der Art, wie François Peretti sprach, schloß Paul auf eine große Einsamkeit. Dieser Mann mußte so einsam sein, daß er wahrscheinlich tagelang mit keinem Menschen Kontakt gehabt hatte. Jetzt, da er jemanden gefunden hatte, der ihm zuhörte, wollte er ihn festhalten, solange es eben möglich war. Er fragte nicht, was Paul vorhabe, warum er versuche, die Inschrift auf dem Stein zu entziffern, woher er komme.

Paul wagte seinerseits nicht, die Wortflut zu bremsen. Er lehnte sich in den Schaukelstuhl zurück, nahm vorsichtig etwas von dem starken Getränk und aß den Käse, der vortrefflich schmeckte. Während er François zuhörte, der langsam und eintönig weitersprach, von seiner Frau, eine Geste hin zu dem vergilbten Foto, die vor etwa zehn Jahren gestorben war, von seinem Sohn, der im Zweiten Weltkrieg umgekommen war, von seiner Tochter, die mit einem ehemaligen Fremdenlegionär verheiratet war, mit dem sie nach Frankreich gezogen war, um nie wieder heimzukehren. Und die ganze Zeit lauschte Paul mit einem Ohr, während er seinen Gedanken freien Lauf ließ.

Woher Madame Santori wußte, was er hier suchte, blieb ihm ein Rätsel. Aber daß sie bei einem Versuch, seine Hilfsbereitschaft mit einem Dienst ihrerseits zu belohnen, ihm den Weg gewiesen hatte, gerade als er von sich aus den Mut verloren und beschlossen hatte, seine Untersuchung abzubrechen, stand zweifelsfrei fest. Hier, genau hier, war die Stelle, wo seine Vorfahren gewohnt hatten. Er war erstaunt darüber, daß Charles-Antoine, der doch die ganze Umgebung kannte und den jeder kannte, sich nicht an den Namen Fabiani erinnerte. Aber Paul fand eine Erklärung in der Tatsache, daß der Hirte sicher zwanzig Jahre älter als Charles-Antoine sein mußte und daß die Fabianis wohl schon verschwunden waren, als Charles-Antoine noch ein Kind war.

Der Alte erzählte und erzählte. Von den guten Jahren, die er auf dem Bauernhof verbracht hatte, als seine Frau noch lebte und die Kinder klein waren, vom Krieg, als fremde Soldaten die Insel besetzten und hier in der Macchia der Widerstand seinen Anfang nahm, aus dem die französische Untergrundbewegung hervorgegangen war.

Wie viele Gläschen Eau de Vie inzwischen durch die feuererprobte Kehle von François geflossen waren, hatte Paul nicht behalten. Der Alte sprach inzwischen mit schwerer Zunge. Seine Geschichte wurde immer sprunghafter. Paul blieb und aß Brocciu.

Hier in diesem Haus hat Mémée gewohnt! Ich muß den Mann reden lassen, ich darf ihn nicht unterbrechen! dachte er.

Durch das kleine, schmutzige Fenster, das Aussicht auf den Bach und den offenen Platz bot, sah Paul die Schatten der Eukalyptusbäume länger werden. Schließlich schwieg der Alte. Seine Holzpfeife war ausgegangen, aber in einem Mundwinkel hängengeblieben. Nach hinten zurückgelehnt war er eingeschlummert, todmüde von dem für ihn so ungewöhnlichen Reden.

Wenn ich jetzt weggehe, dachte Paul, bin ich nicht viel

klüger. Vielleicht ist der Alte nicht mehr ganz richtig im Kopf. Er spricht nur über sein eigenes Leben in der Vergangenheit. Ob er noch andere Dinge weiß?

Er hatte das Haus bezogen, nachdem Mémées Vater gestorben war. Das war die einzige für Paul wichtige Information in dem stundenlangen Gespräch von François Peretti. Der einzige Hinweis auf Pauls Vorfahren. War das alles? Wenn er jetzt nach Filitosa zurückfuhr und morgen wieder hierher käme: würde der alte Mann dann noch bereit sein, weiterzusprechen? Paul blieb sitzen. Die Zeit verging. Der Alte schnarchte, der Hund jaulte ab und zu im Schlaf. Vielleicht waren die Benedettis beunruhigt, weil er nicht zur üblichen Zeit zum Essen zurück war. Aber daran konnte er nichts ändern. In der Macchia fingen die Zikaden zu zirpen an. Vögel in den Eukalyptusbäumen zeterten laut, so wie jeden Abend vor Sonnenuntergang. Paul wartete.

Der Hund erwachte und stand auf. Das Tier war hungrig. Es stieß mit seinem Kopf gegen die herabhängende Hand des alten Mannes. Endlich, endlich wurde er wach! Und er war erstaunlich rasch wieder klar, als er Paul noch vor sich sitzen sah.

„Es war guter Brocciu“, sagte Paul, um wieder ins Gespräch zu kommen. „Und das Eau de Vie schmeckte großartig. Ich glaube, wir sind danach eingeschlafen.“

Der Alte lachte mit zahnlosem Mund. „Warum nicht? Mit vollem Magen schläft man gut, und was ist schon Zeit!“ Er schien wieder nüchtern zu sein, er schob den Teller mit den Brotresten weg, der noch vor ihm auf dem Tisch stand, stützte sich mit seinen Ellenbogen auf die Tischplatte, beugte sich zu Paul hinüber und stellte dann die erste Frage: „Warum hast du die Pflanzen weggemacht von dem alten Grab?"

Während des Wartens hatte Paul sorgfältig überlegt, was er sagen und was er verschweigen wollte, wenn der Alte ihm Fragen stellen würde. Es schien ihm das beste, sich keine Blöße zu geben. „Ich interessiere mich für alte Denkmäler", antwortete er. „Ich weiß, daß noch eine Menge in der Macchia verborgen sind. Ich würde den Grabstein gern ganz freilegen und etwas mehr über die Menschen erfahren, die dort vor so langer Zeit begraben wurden."

In dem halbdunklen Raum leuchteten die Augen des einsamen Mannes plötzlich ganz hell. Ein zufriedenes Lächeln erschien um den Mund. Der Fremde würde wiederkommen, wenn er ihm half. Das würde bedeuten, daß er wahrscheinlich viele Tage mit ihm sprechen konnte.

„Ich werde dir erzählen, wenn du morgen wiederkommst, werde ich dir helfen, das Gestrüpp zu entfernen. Das ist keine leichte Arbeit, man braucht dafür Spaten, Beile und Messer. Komm morgen wieder. Ich werde dir helfen!"

Es war schon fast dunkel, als Paul seinen Wagen an der Brücke über den Taravo wiederfand. Wie im Traum fuhr er nach Hause. Mit keinem Wort erwähnte er gegenüber den Benedettis, was er an diesem Tag erlebt hatte, und ging früh zu Bett. Lang lauschte er bei weit geöffnetem Fenster den Geräuschen um das Haus. Würde er wieder die Schritte einer Frau auf dem staubigen Weg vernehmen? Würde Madame Santori auf Jagd gehen? Die Stille wurde nicht gestört. Paul rollte sich auf die Seite und schaute auf die Landschaft hinaus. Der Himmel war bewölkt. Ganz in der Ferne heulte ein Hund, kläglich und langgezogen.

Der Ausflug über die Insel, den er sich vorgenommen hatte, war vergessen. Das frohe Gefühl kehrte zurück, das jeder Forscher kennt, wenn man eine ergebnislos verlaufene Spur nach langem Suchen wieder aufnehmen kann. Müde von allen Aufregungen des vergangenen Tages fiel Paul schließlich in Schlaf.

Zwei Tage dauerte es, bis Paul mit Hilfe des alten Peretti den Grabstein ganz aus dem Maquis freigelegt hatte. Nicht daß er den ganzen Tag mit der Arbeit beschäftigt gewesen wäre! Er hatte vorsätzlich viel Zeit dafür angesetzt, regelmäßige Ruhepausen eingelegt, ausgiebig auf dem Bauernhof gegessen und dem alten Mann beim Kochen der Mahlzeiten geholfen. Und die ganze Zeit über hatte er den Erzählungen des Mannes gelauscht.

Obwohl der Greis ausgesprochen mager war, verfügte er über erstaunliche Kräfte. Wenn er vorschlug, in die Hütte zu gehen, um etwas zu trinken, war das mehr, um die Arbeit etwas in die Länge zu ziehen, als daß er Ruhe nötig gehabt hätte.

Paul redete nicht viel. Er hörte zu. Endlose Geschichten über das Leben in den Bergen, als Peretti noch ein junger Mann war und mit seiner Herde umherzog. Viel über Politik aus den Jahren nach dem Krieg. Aber dazwischen immer Bruchstücke, die wie Teile eines Puzzles ineinander paßten und ein Bild von dem Leben auf dem einsamen Platz in der Macchia ergaben. Manchmal war der Mann schwer zu verstehen, gebrauchte er zu viele unverständliche Ausdrücke aus dem örtlichen Dialekt, die Paul nicht einordnen konnte. Sie arbeiteten, bis ihnen der Schweiß über den Rücken lief, lagen im Moos und ruhten sich aus, aßen etwas auf dem Hof, arbeiteten wieder weiter. Nur der Hund und die Ziegen waren Zeugen, während die Schatten der Bäume über das Gras glitten.

Am Nachmittag des zweiten Tages war der Stein von allem Bewuchs und einer dicken Erdschicht vollkommen befreit, und die eingemeißelten Lettern waren gesäubert. Der Stein aus blauem Granit war an drei Seiten von größtenteils zerfallenen Mäuerchen umgeben. Da war auch etwas, das wie eine Kniebank aussah.

Früher, vor langer Zeit, seien die Mäuerchen ganz hoch gewesen, erklärte François. Ein spitz zulaufendes Holzdach war darauf gewesen, über das sich eine Bougainvillea rankte, aber nachdem Pasqualina, das letzte noch lebende Familienmitglied, spurlos verschwunden war, wurde das Grab nicht mehr gepflegt. Als bei einem Sturm das Dach eingebrochen war, fingen die Mauern an abzubröckeln. So war das Grab langsam unterm Maquis verschwunden. In diesen Jahren war der Hof unbewohnt, denn François Peretti tat im Ersten Weltkrieg auf dem Festland Dienst. Als er von der Front zurückkam, hatte er alle Hände voll zu tun, das Haus wieder bewohnbar zu machen; er wollte heiraten und eine Familie gründen. Das Grab geriet in Vergessenheit.

Peretti setzte sich auf die Kniebank, holte seine Holzpfeife aus der Tasche seiner Manchesterhose und stopfte sie langsam. Er begriff nicht, warum sein Gast so viel Interesse an alten Grabmälern zeigte. Es konnte ihm ja egal sein. Es war sehr angenehm gewesen, den Jungen um sich herum zu haben. Jetzt, wo die Arbeit getan war, würde der nicht mehr wiederkommen, morgen würde er wieder allein sein. Der alte Mann zog schweigend an seiner Pfeife. Er sah zu, wie der junge Mann Fotos von dem Grab und der Umgebung machte, wie er danach die Inschrift in sein Notizbuch eintrug.

JEAN BAPTISTE FABIANI
1861–1906

MARTHA FABIANI
née BOUVIER
1865–1908

CARLO FABIANI
1894–1910

Eine Frage des Jungen ließ ihn aus seinen Gedanken aufschrecken. Er hatte nicht richtig verstanden. „Was sagtest du?“

„Erzähl mir von Carlo Fabiani!“

Peretti nahm die Pfeife aus dem Mund. „Er war der Sohn, der Sohn von Jean Baptiste, er war ein guter Sohn, er starb für die Ehre seiner Familie.“

Zu Hause hatte niemand vermutet, daß Mémée je einen Bruder gehabt hatte! Und auch Paul hatte gerade erst begriffen, daß Carlo ein jüngerer Bruder von Pasqualina gewesen sein mußte. Mit einem Blick auf die Zahlen des Grabsteins hatte er erkannt, daß der Junge nur sechzehn Jahre alt geworden war.

François Perettis Antwort öffnete Paul die Augen. Es durchfuhr ihn wie ein Schock, als er begriff, daß hier die Erklärung für Mémées merkwürdiges Stillschweigen lag. Sein Mund fühlte sich trocken an; er ließ die Zunge über die Lippen gleiten. Das Schlucken tat weh.

„Vendetta?"

Der alte Mann sah nicht, daß Pauls Hände zitterten, als er den Spaten an die Wand lehnte, um sich die Stirn abzutrocknen. Er erzählte weiter, um sich die Gesellschaft des jungen Mannes zu erhalten. „Ah, oui, Vendetta! Carlo war ein tapferer Junge, der andere aber war schneller. Es ist alles schon so lange her, aber François Peretti hat ein gutes Gedächtnis. Ich kann dir alles erzählen, alles von den Menschen, die hier gewohnt haben. Nur wo Pasqualina geblieben ist, weiß ich nicht. Sie ist in der Macchia verschwunden. Niemand hat sie je wieder gesehen!" Der alte Mann stand auf, klopfte seine Hose ab und begann, sein Werkzeug zusammenzusuchen. „Komm mit", sagte er zu Paul. „Ich werde dir erzählen!"

Ich habe Zeit, dachte Paul. Er hatte zwei Tage lang versucht, aus den weitschweifigen Jugenderinnerungen von François Peretti die Mitteilungen zu sortieren, die Antwort auf seine vielen Fragen geben konnten. Er hatte begriffen, daß er dem Alten nicht in die Rede fallen durfte. Anfangs hatte er zwar ungeduldig versucht, die Wortflut zu bremsen, und die Fragen gestellt, die ihm wichtig waren. Aber das war nicht die richtige Art und Weise gewesen. Peretti kam aus dem Gleise, fing an, Dinge zu verwechseln, verlor immer wieder den Faden.

Paul unterbrach den Alten nicht mehr. Er ließ ihn sich endlos über Nebensächlichkeiten verbreiten und notierte nur die Dinge in seinem Notizbuch, die ihn interessierten.

Auf dem alten verfallenen Bauernhof am Feuer von François Peretti eröffnete sich ihm die geheime Welt von Pasqualina Fabiani, wonach er so lange gesucht hatte.

Es war schon Nacht, als Paul den Bauernhof verließ. Der Bach glänzte silbern im Mondlicht, die Macchia duftete, der Platz im Dickicht war ein kleines Paradies. Konnte jemand, der hier seine Jugend verbracht hatte, jemals von dieser Erinnerung loskommen? Viele Fragen, die Paul beschäftigt hatten, waren jetzt beantwortet. Es blieben einige offen, die niemand auf Korsika beantworten konnte. Dafür würde er nach Kijkduin in Holland müssen zu Pasqualina Fabiani. Langsam ging er am Bach entlang. Noch einmal stand er bei dem Grab, das er vom Bewuchs befreit hatte. Auf diesem stillen, friedlichen Platz hatte sich ein Drama abgespielt, das das Leben dreier Menschen zerstört und einem vierten eine nie heilende Wunde zugefügt hatte.

Es war stockdunkel, als Paul den Pfad durch das Dickicht ging, aber er war jetzt mit dieser Gegend so vertraut, daß er seinen Weg auch im Finstern fand. Als er schließlich seinen Wagen erreichte, den er unter den hohen Kastanienbäumen geparkt hatte, erwartete ihn eine neue Überraschung. Die

Frontscheibe war matt, und mitten darin war ein kleines rundes Loch. Scherben glitzerten im Mondlicht.

„Ich muß jetzt wirklich weiter", sagte Paul zu Cesari. „Es war eine ereignisreiche Zeit hier in Filitosa. Aber meine Ferien sind nun fast zu Ende. In Calvi nehme ich das Boot zum Festland."

Sie saßen in dem kleinen Café von Charles-Antoine und tranken zum Abschied Eau de Vie.

„Komm mal wieder!" sagte der Entdecker und Besitzer des prähistorischen Dorfes. „Du findest nirgends ein schöneres Fleckchen. Vielleicht graben wir den Hügel unter dem Heiligtum noch auf. Es muß noch eine ganze Menge im Boden stecken."

Noch einmal machten sie die Runde an den steinernen Standbildern.

„Es ist schade", sagte Charles-Antoine, „daß du hier deine Vorfahren nicht aufspüren konntest. Aber du hast das Land gesehen und ein Stück seiner Geschichte. Man kann nicht alles haben."

Paul nickte. Er hatte beschlossen, Cesari nichts von seiner Entdeckung in der Macchia zu erzählen. Bevor er davon andern etwas preisgab, mußte er mit Mémée sprechen und aus ihrem eigenen Mund hören, warum sie ihr Geheimnis ein Leben lang bewahrt hatte. Auch von der zerstörten Frontscheibe sagte er nichts. Er konnte schließlich nichts beweisen. Auf Korsika sollte man bestimmte Dinge besser für sich behalten. Das hatte er inzwischen gelernt.

Zum letztenmal rumpelte er den Weg zum Golf von Valinco entlang, vorsichtig kurvend, um nicht alle Zweige ins Gesicht zu bekommen.

George Fronsac besah sich kopfnickend den Schaden. „Du kannst von Glück sagen, daß ich hier auf alles vorbereitet bin", meinte er lachend. „Ich habe die richtige Frontscheibe für dich. Aber ich muß schon sagen, daß ich dich nicht so bald zurückerwartet habe. Sicher hat wieder kein Mensch gesehen, wie es geschah?"

Dem Franzosen schüttete Paul sein Herz aus. Er erzählte auch, was ihm in Celaccia passiert war.

„Das ist selbst für korsische Begriffe viel auf einmal. Was hast du um Himmels willen getan, daß sie solche Wut auf dich haben?" Ohne eine Antwort abzuwarten, ging der Mechaniker in die Küche hinter der Werkstatt und kam kurz darauf mit zwei Bechern Kaffee zurück. „Das gefällt mir nicht", griff er das Gespräch wieder auf. „Vielleicht ist es doch besser, daß du abreist. Welchen Sinn hat es zu bleiben, bis dir ein Unglück geschieht? Bisher haben sie einen Reifen und die Frontscheibe kaputtgemacht. Wenn sie deine Bremsen verstellen, bist du unweigerlich geliefert. Nur die Felsen leben ewig!"

„Sobald die Scheibe eingebaut ist, mache ich, daß ich hier weg komme. Meine Zeit ist fast um. Es tut mir nur leid, daß sie jetzt natürlich denken, sie hätten mich vertrieben."

„Gebrauch deinen Verstand", sagte Fronsac vieldeutig, „dagegen kommst du nicht an. Ein wunderbares Land, ganz gewiß. Aber wie ich schon sagte: zu viele Korsen!"

Das letzte, was Paul von Propriano sah, waren die Grabkapellchen im strahlenden Sonnenschein. In allen Nischen standen frische Blumen. Zeichen besonderer Anhänglichkeit? Oder Zeichen besonderer Angst?

Würde er je etwas von dem dunklen Gefühls- und Glaubensleben dieses unnahbaren Volkes verstehen, das ihn anzog und zugleich abstieß?

4. Kapitel
Durchbrochene Vendetta

Nach einem drückend heißen Sommertag bezog sich gegen Abend auf einmal der Himmel. Dunkle Wolken türmten sich über der See auf. Plötzliche Windstöße fegten den Flugsand auf, warfen die Strandkörbe um und zerrten an der Kleidung der Leute, die noch versuchten, die Möbel auf den Terrassen in Sicherheit zu bringen.

Im Altenheim auf den Dünen wurde es so dunkel, daß der Ausdruck auf dem Gesicht der alten Frau nicht mehr zu erkennen war. Lange Zeit hatte sie stumm dem Bericht ihres Enkels zugehört, ohne ihn mit Fragen oder Bemerkungen zu unterbrechen.

Ein greller Blitz durchzuckte die Wolken. In den wenigen Sekunden, die das Zimmer grell erleuchtete, sah Paul, wie zwei Tränen über das Gesicht rannen, das jetzt auf einmal so alt aussah. Dann begann der Regen zu strömen, trommelte an die Scheiben, gurgelte in der Dachrinne, übertönte das Geräusch der Brandung.

Paul wartete, bis der Donnerschlag in der Ferne ausgerollt war. Dann stellte er die Frage: „Warum, Mémée, bist du damals spurlos aus Sollacaro verschwunden?"

Sie antwortete nicht sofort. Nach so langer Zeit machte es ihr Mühe, in Worte zu fassen, warum sie ihr Leben so endgültig verändert hatte. Ihr Enkel drängte sie nicht, aber er wartete. Das Unwetter zog langsam ab über das Meer.

Die Pausen zwischen Blitz und Donner wurden größer. Noch immer rauschte der Regen.

Als die alte Frau zu sprechen begann, hatte sie ihre Stimme wieder vollkommen in der Gewalt.

„Es war die einzige Möglichkeit, mon petit. Die einzige Lösung. Es hat lange gedauert, bis ich sah, welchen Weg ich einschlagen mußte. Als ich das einmal wußte, gab es kein Zurück mehr. Ich bin immer gradlinig gewesen, bei allem, was ich tat. Ganz gleich, was es war. Ich mußte die Verbindung zu Korsika abbrechen, das war der einzige Ausweg. Ohne jemandem etwas davon zu sagen, habe ich mein Leben in Sollacaro beendet. Es waren Weihnachtsferien. Es war nicht ungewöhnlich, daß ich für ein paar Tage nach Ajaccio reiste. Was ich tragen konnte und was mir lieb und teuer war, nahm ich mit. Es war nicht viel. Das übrige habe ich einfach zurückgelassen. In Ajaccio mußte ich beim Anwalt offiziell regeln, daß Peretti Besitzer des Bauernhofs wurde. Das ging nicht anders, weil es eine Übereinkunft wegen der Abzahlung war. Ich erließ ihm den Rest seiner Schuld. Peretti war Papa immer treu ergeben, er war Maman und mir eine Stütze. Wem konnte ich es mehr gönnen als ihm? Maman hatte auf einer Bank in Toulon Geld für Carlos Studium festlegen lassen. Das Geld reichte mir zunächst, bis ich in Marseille Arbeit fand. Ich haßte Marseille. Dort wohnte jedoch eine entfernte Verwandte von Maman, bei der ich zunächst unterkommen konnte. Ich habe dort Arbeit gefunden, ich lernte Großvater dort kennen. Mehr ist dazu nicht zu sagen."

Sie hatte seine Frage nicht beantwortet. Sie hatte zusammenfassend berichtet, was sie zur Gestaltung ihres neuen Lebensabschnittes unternommen hatte, mehr nicht.

„Wie bist du zu diesem Entschluß gekommen, Mémée? Warum mußtest du die Verbindung zu Korsika abbrechen?"

„Das geschah durch Mamans Einfluß. Das Gefühl für Gerechtigkeit, das habe ich ganz sicher von ihr. Meine schwache Maman, die Korsika nicht gewachsen schien, die ihr ganzes Leben lang versucht hat, die Vendetta zu durchbrechen, was ihr nicht gelang. Schließlich hat sie es doch erreicht, nur hat sie es selbst nicht mehr erleben dürfen. Es muß ein Erbteil von Maman gewesen sein, das mich auf einmal den Wahnsinn der Vendetta durchschauen ließ, die niemals aufhören, die immer weitergehen würde, ein Mord nach dem andern bis in alle Ewigkeit. Es sei denn, jemand würde die Kraft aufbringen, ganz allein den Fluch zu durchbrechen. Für mich hätte ich das nicht getan. Ich war jähzornig wie mein Vater. Ich war manchmal drauf und dran, die beiden Marianis umzubringen. Ich habe mich jedoch dagegen gewehrt, daß Carlo seines Vaters Tod rächen sollte. Er war dazu nicht fähig. Als er älter wurde und aus Toulon herüberkam, konnte er das Recht der Vendetta nicht mehr anerkennen. Er war Manns genug, das öffentlich zu äußern. Das habe ich an ihm bewundert. Er war doch erst sechzehn Jahre alt! Es war nicht einfach, zu einer Frau wie Madame Carabelli zu sagen, was er von den alten korsischen Bräuchen hielt. Aber dann, dann kam die Rimbeccu ins Spiel, und der konnte selbst Carlo nicht widerstehen. Ich glaube, er hat gewußt, daß er sterben werde, als er mit Papas Gewehr an den vereinbarten Ort ging. Aber gegen die Rimbeccu kann niemand ankommen."

Das Wort, das Pasqualina Fabiani in ihren Fieberträumen erwähnt hatte und dessen Bedeutung Paul noch nicht kannte, war wieder gefallen, das Wort, um das sich alles zu drehen schien.

Paul stand auf und öffnete das Fenster, obwohl es noch immer regnete. Er wollte Licht machen, ließ es aber, weil man vertrauliche Dinge besser im Dunkeln besprechen kann.

„Was ist Rimbeccu, Mémée?"

„Rimbeccu, Pasquale, ist der öffentliche Verweis für einen Sohn, daß er seinen Vater nicht gerächt hat. Dagegen kann auf Korsika niemand ankommen. Daran ist selbst Carlo zugrunde gegangen. Als Carlo nach Hause kam, ließen die Leute keinen Zweifel daran, daß sie etwas von ihm erwarteten. Madame Carabelli sagte es ihm rundheraus. Er widersprach ihr, doch dann kam Joseph Mariani und forderte Carlo heraus. Er nannte ihn mitten auf dem Kirchplatz einen Feigling, er schickte ein Briefchen, ein Rimbeccu-Briefchen. Das war zuviel für Carlo."

„Mémée, ich kann mir vorstellen, daß die direkten Anverwandten oder Freunde des Opfers dem Sohn einen solchen Vorwurf machen. Wie kann aber der Sohn des Mörders dem Sohn des Ermordeten vorwerfen, daß er seinen Vater noch nicht gerächt hat? Das ist doch mehr als verrückt! Das ist Selbstvernichtung!"

„In den Augen der Korsen ist es genauso erniedrigend, Verzeihung zu erfahren, wie Verzeihung anzubieten. Das ist etwas, Pasquale, das einer, der nicht Korse ist, nie begreifen wird. Das ist ein Gedankengang, dem nur ein Korse folgen kann. Ich fand das Briefchen und begriff, was geschehen würde. Ich versuchte, rechtzeitig zur Stelle zu sein. Es ist mir nicht gelungen."

Paul versuchte, Mémées Erklärung mit dem in Verbindung zu bringen, was er von dem alten Peretti gehört hatte. Und manches, was ihm auf dem Bauernhof noch als Unsinn eines einsamen Mannes erschienen war, bekam jetzt Bedeutung. Aber die Frage war noch nicht beantwortet, um die sich alles drehte. „Was hat dich zu dem Entschluß gebracht fortzugehen, Mémée?"

„Der letzte Besuch von Madame Carabelli, mon petit. Sie brachte mir Carlos Hemd, wie sie mir auch das Hemd von Papa gebracht hatte. Und sie sagte, daß nicht ich die Rechnung begleichen müsse, weil eine Frau es in der Macchia nicht ein Leben lang aushalten kann. Sie sagte mir, daß ich das Hemd von Carlo verwahren müsse bis zu dem Augenblick, in dem mein Sohn groß genug sei, die Pflicht der Vendetta auf sich zu nehmen. Und das war der Moment der Entscheidung. Madame Carabelli sorgte für das Fortbestehen alter Traditionen, sie hatte die Voceri gesungen an Papas Leiche, bei Carlo; sie hatte alles für mich geregelt, als ich krank war und unfähig, etwas zu tun. Aber sie sorgte nicht nur für den Fortbestand der Traditionen, sondern auch für den des Unheils. Es muß das von Maman vererbte Gefühl für Gerechtigkeit gewesen sein, das mich plötzlich ganz klar erkennen ließ, welche Ungeheuerlichkeit wir auf Korsika begingen. Wir übertrugen einen Fluch von Geschlecht zu Geschlecht, wir gingen selbst so weit, daß wir die Verpflichtung zum Morden auf ein noch ungeborenes Kind übertrugen! Ich war ganz und gar die Tochter meines Vaters. Aber Mamans Einfluß hat mich vor diesem Frevel bewahrt.

In dieser Nacht sah ich mein Leben vor mir, wie es auf Korsika verlaufen würde. Ich würde mich verheiraten, selbstverständlich mit einem Korsen. Meine Kinder würden dem Fluch niemals mehr entgehen können. Ich mußte meine noch ungeborenen Kinder davor schützen, und dazu gab es nur eine Möglichkeit. Ich brach alle Bindungen ab. Ich habe die Konsequenzen gezogen. Darum, Pasquale, habe ich nie mehr nach Korsika gewollt. Darum habe ich zu niemandem etwas gesagt. Selbst dein Großvater hat nie erfahren, was sich vor unserer Heirat auf Korsika ereignet hatte. Er hat es mir leicht gemacht. Er war ein so nüchterner Mann und hat mir nie peinliche Fragen gestellt. Niemals. Er kam nicht darauf. Und meine Kinder waren das Ebenbild ihres Vaters. Du, Pasquale, bist der einzige, in dem ich meinen korsischen Vater wiedererkenne. Äußerlich und im Charakter. Ich sah den korsischen Jähzorn und die Entschlossenheit. Ich spürte, daß du gehen würdest, um die Vergangenheit zu erforschen, daß ich dich nicht aufhalten konnte. Ich hoffte nur, daß du nicht in Gefahr geraten würdest."

Lange Zeit blieb es still in dem Raum. Der Himmel über dem Meer war etwas heller geworden. Die Mondsichel erschien in einem Wolkenloch. Am Horizont blitzten Positionslichter von Schiffen auf.

„Auch ohne die alten Vendettageschichten geriet ich auf

Korsika in Gefahr, Mémée. Man hat schlimme Dinge mit mir gemacht, bis hin zum Mordversuch. Nur weil ich ein Fremder war. Die Brüder Orsini aus Sollacaro, die es immer auf mich abgesehen hatten, gehören zu einer Gruppe, die Korsika für die Korsen haben will. Weg mit den Fremden!"

Selbst im Dunkeln erkannte er, wie sie erschrak.

„Was ist, Mémée? Warum erschrickst du so?"

„Orsini? Sagtest du Orsini? Pasquale! Marianis Tochter in Sollacaro war mit einem Orsini verheiratet. Haben sie vielleicht gehört, was du in Sollacaro suchtest? Hast du vielleicht einmal den Namen Fabiani erwähnt?"

„Ja, natürlich. Ich habe das anfangs überall getan. Auch in Sollacaro, auch in diesem Café. Der Wirt fragte vier uralte Männer danach, die Karten spielten. Das haben sie natürlich gehört, die Brüder Orsini, denn sie saßen an der Bar."

Alle Teile des Puzzles paßten nun ineinander. Auf alle Fragen gab es jetzt eine Antwort. Aber einige Antworten waren so unglaublich, daß Paul es nicht fassen konnte. „Mémée! Da kann es keinen Zusammenhang geben! Diese Brüder Orsini waren in meinem Alter. Wenn Marianis Tochter in deinem Alter war, dann sind das ihre Enkel. Wie können die den Namen Fabiani noch kennen, wenn selbst die alten Männer ihn nicht kannten?"

In Gedanken sah er die wie aus Eichenholz geschnitzten Köpfe wieder vor sich. *Kennen wir jemanden, der so heißt? Joseph? Guillaume? Jean-Claude?* Wahrscheinlich hatten sie den Namen sehr wohl gekannt, hatten es aber nicht für angebracht gehalten, das zu zeigen.

„Laß dir von mir gesagt sein, Junge, daß der Name Fabiani

bis in alle Ewigkeit für alle Nachkommen der Marianis ein Begriff sein wird! Selbst wenn sie die Person nicht gekannt haben: der Name ist untilgbar. Bis in alle Ewigkeit."

„Die Vendetta gehört der Vergangenheit an? Seit das Heer die Macchia durchkämmt hat, ist das doch alles Geschichte!"

Die alte Frau schüttelte den Kopf. „Offiziell natürlich schon. Aber so ändert man noch nicht den Charakter eines Volkes, mon petit. Versprich mir, versprich mir jetzt, daß du nicht dorthin zurückkehren wirst! Daß du nie versuchen wirst, die Lücken in der Ahnentafel zu füllen! Du hast entdeckt, wie das Leben dieser Vorfahren gewesen ist. Ist das nicht mehr, als du aus Geburts- und Heiratsakten erfahren kannst?"

Paul versprach es. Sie sollte ihr Opfer nicht umsonst gebracht haben.

„Es ist gut, seine Wurzeln zu kennen, Junge. Du kennst sie jetzt. Sie sind gewalttätig, die Korsen. Aber wundert dich das noch, wenn man ihre Geschichte kennt?"

Paul lächelte. Daß sie die negativen Eigenschaften ihres Volkes so verteidigte, sie, die darunter so sehr hatte leiden müssen!

„Wenn du wüßtest, mon petit, was es mich all die Jahre gekostet hat! Wer Korsika kennt, kommt nie mehr davon los."

„Ich zeige dir meine Dias, sobald sie entwickelt sind", versprach Paul.

Die alte Frau lächelte geistesabwesend. Ein Gefühl großer Ruhe überkam sie. Niemals würde einer ihrer Nachkommen ein Opfer des Fluches von Korsika werden.

Begriffserklärungen

Bandits d'Honneur – die wegen einer Ehrensache von der Polizei gesucht werden. Bandit kommt von „banni", was „outlaw" bedeutet, für vogelfrei Erklärte. Es hat keine negative Bedeutung

Bergerie – Unterkunft für Hirten und Schafe in den Bergen

Brocciu – Ziegenkäse

Eau de Vie – selbstgebrannter Schnaps

Lamenti – Klagelieder

Macchia – korsisches Wort für Maquis

Maquis – dichtes, undurchdringliches Gebüsch (Arbutus, Myrte, Lorbeer, Thymian, Lavendel, Rosmarin, Immortellen)

Maquisard – der sich im Maquis verbergen muß

Mazzere – (Mehrzahl: Mazzeri) Hellseher, die den Tod voraussagen, Seelenjäger; Menschen, die im Traum oder in Trance nachts im Maquis auf Jagd gehen. In dem Tier, das sie töten, erkennen sie den Dorfbewohner, der binnen eines Jahres sterben muß

Megalith – riesiger Stein eines prähistorischen Bauwerks

Menhir – großer, aufrecht stehender Stein, prähistorisches Monument

Mistral – kalter, trockener Nordwestwind in Südostfrankreich, der manchmal in Nordwind übergeht

Muffolo – Mufflon, wildes Schaf auf Korsika mit Hörnern, wie sie ein Bock hat

Pastis – starker Schnaps mit Anisgeschmack

Signadore – (Mehrzahl: Signadori) Heiler, Kämpfer gegen den Bösen Blick

Torréens – das „Meeresvolk", das um 1500 v. Chr. nach Korsika kam und die Megalithbauer vertrieb. Die Torréens waren meisterhafte Bauleute, aber keine Bildhauer. Sie verschwanden um 1000 v. Chr.

Torri – korsische Bauwerke der Torréens, vermutlich für Leichenverbrennungen erbaut. In den Mauern der Torri verarbeitete man die zerschlagenen Standbilder der besiegten Megalithbauer

Übertragene Vendetta – die Rache, die irgendeinen Blutsverwandten desjenigen trifft, der die Beleidigung verursacht hat

Vendetta – Blutrache

Voceratrice – (Mehrzahl: Voceratrici) Sängerinnen der improvisierten Totengesänge

Voceru – (Mehrzahl: Voceri) improvisiertes Klagelied an einer Leiche. Wurde der Tote ermordet, wird damit zur Vendetta aufgerufen

EDITION PESTUM®

Herausgeber der Edition: Jo Pestum

München – Wien – Hollywood/Florida USA
Titel der holländischen Originalausgabe
DE GEUR VAN DE MACCHIA

Übersetzung Eva-Marie Brennecke
Titelfoto Leandro Mazzoni
Umschlaggestaltung Dieter Mettelsiefen
Redaktion Helga Wegener-Olbricht
ISBN 3 505 08390 9
Bestellnummer 8390

N
KORSIKA
Bastia
Calvi
NIOLO
Corte
Porto
SPELUNCA
Tavignano
Monte
d'Oro
Aleria
Monte
Grosso
Ajaccio
Taravo
Îles
Sanguinaires
Pila-
Canale
Bicchisano
Sollacaro
Col de Celaccia
Filitosa
Buturetto
Olmeto
Golf von
Valinco
Propriano
Sartène
Bonifacio